El juramento del alfa

Renee Rose

Lee Savino

Traducido por
Begoña Marin

Creado con Vellum

Libro Gratis - La virgin y el vampiro

Quiere un libro gratis de Renee Rose y Lee Savino? Suscríbete a su newsletter para recibir **La virgin y el vampiro** y otro contenido especialmente bonificado y noticias de nuevos. https://BookHip.com/XJPQQXK

Libro Gratis de Renee Rose

Quiere un libro gratis de Renee Rose? Suscríbete a mi newsletter para recibir **Padre de la mafia** y otro contenido especialmente bonificado y noticias de nuevos. https://BookHip.com/NCVKLK

Capítulo Uno

harlie

C Lo mejor de una caminata hasta las aguas termales a las seis y media de la mañana es que no habrá nadie más allí. Cercanas a las ruinas de una antigua casa de baños donde paraban diligencias, las aguas termales de Manby son tres piscinas de roca que suelen llenarse de hippies desnudistas, tanto lugareños como visitantes, pero no durante un día laborable. Menos a esta hora del día. Y definitivamente nunca cuando hay nevadas.

Detrás de la montaña Taos, el sol comienza a salir pintando el cielo en tonos rosados, púrpuras y anaranjados. Eso y los suaves copos de nieve que caen se sienten como un perfecto regalo de cumpleaños de la naturaleza.

Esta caminata es mi propio regalo para mí misma. Tengo que trabajar dentro de un par de horas y no quiero que mi cumpleaños consista en nada más que entregar el correo. Quise hacer algo para que sea distinto. Más tarde, me reuniré con mis amigas a tomar algo cerca de la plaza, pero sumergirme en las aguas termales al amanecer me parece una excelente manera de lograr que el día sea especial.

Y apartar la mente de Chad.

Mi hermano menor está de servicio militar en Afganistán y no he sabido nada de él durante meses. Ni siquiera nuestros padres, ambos oficiales retirados de la Fuerza Aérea, han podido enviarle un mensaje o recibir uno suyo.

Cuando se es oficial de la Fuerza Aérea, no tener noticias es una buena noticia, pero he tenido este temor por él desde que se alistó y comienza a incrementarse. Probablemente sea infundado porque yo tiendo a preocuparme, y quizás solo me esté obsesionando, pero sin duda me sentiría mejor si Chad nos confirmara que sigue vivo.

Llego al final de la caminata de kilómetro y medio hasta el cañón que termina en la orilla del Río Grande y me quito la ropa. La acomodo detrás de una roca porque la fanática del orden que hay en mí no quiere verla mientras tomo sol al natural. También es por eso que prefiero venir aquí sola. Otras personas no me ayudan a estar en comunión con la naturaleza, y simplemente arruinan el paisaje.

La nieve cae ligeramente, lo cual significa que, en realidad, hace más calor de lo habitual y no hay viento frío. El agua termal se va a sentir celestial. Me tomo mi tiempo y me meto despacio, saboreando el contraste del agua caliente que rodea mis piernas con el frío que me pica la piel por todas partes.

Me hundo en el vapor, acomodando mi cuerpo desnudo en la arena negra para poder meter los hombros completamente bajo el agua.

Al otro lado del río, en la ladera de la orilla opuesta al cañón, un movimiento me llama la atención y exhalo un jadeo de placer. Un borrego cimarrón gigante gira la cabeza para mirarme.

—Hola, grandullón. —Levanto la mano en saludo, sonriendo—. Gracias por venir.

Baja la cabeza para pastar.

La satisfacción fluye en mí mientras me empapo en la quietud y me sumerjo aún más, hasta que el agua me cubre las orejas y la barbilla. Cierro los ojos disfrutando la forma en que el calor parece calarme hasta los huesos.

Pero de pronto oigo un cuerpo que se zambulle en las aguas termales desde las rocas de arriba y me sobresalto. Me quedo mirando el agua arremolinada y ese cuerpo, tratando de encontrarle sentido. De alguna manera imposible, toma la forma de un hombre, un hombre *desnudo* extremadamente en forma, que se pone de pie y me devuelve la mirada, aparentemente tan sorprendido como yo por no encontrarse solo aquí.

Por un momento, mi cerebro entra en cortocircuito. El hombre luce increíblemente tonificado, como si Dios hubiera inventado algunos músculos adicionales para él. Eso o tiene más de los que le corresponden. Tal vez haya gente en la Tierra a la que le falten músculos porque este tipo se los ha llevado todos. Si es así, entonces una de esas personas soy yo.

Me sumerjo un poco más en el agua.

—Hola. —Es lo único que se me ocurre decirle al magnífico espécimen de virilidad. Habiendo crecido como una niña mimada en un ambiente militar, he visto suficientes pectotales de hombres sin camisa como para inocularme contra ese atractivo, pero la gloria de los pectorales tatuados de este tipo podría hacer la excepción.

—Hola. —Intenta cubrir su hombría con ambas manos y retrocede. Le reconozco. Es uno de los exmilitares con los que trabaja el novio de Sadie. Los mercenarios. Tipos enormes. Musculosos. Peligrosos.

Súpersexis.

Sonrío ante sus intentos de ser un caballero. Creo que mi presencia le sorprendió aún más de lo que él me sobresaltó a mí.

—No tienes que cubrirte. Se espera que haya desnudez aquí —le digo.

Arruga los ojos y sonríe, girándose ligeramente para protegerme de la vista de su miembro. Por supuesto, en cambio me da una vista deliciosa de su épico y musculoso trasero.

—Sí, lo siento, pero *esta pistola* está completamente cargada para ti.

Oh.

—Um, ¿gracias?

Se ríe suavemente y camina hacia mí, agachándose para ocultar dicha *pistola* bajo el agua vaporosa. Ahora, estoy extrañamente decepcionada de no haber podido verla.

—Culpa mía. Nunca me habría metido en las aguas termales si hubiera sabido que había alguien por aquí —digo.

—Soy Lance. —Extiende la mano.

—Charlotte. Mis amigos me llaman Charlie. —Cuando alcanzo a estrecharle la palma, mis hombros salen del agua y su mirada se sumerge en el lugar donde mis pechos emergen de la superficie humeante. Inhala bruscamente y sus fosas nasales se ensanchan; sus ojos azul océano se clavan en mi rostro. El perezoso calor de su mirada me calienta por todas partes.

Joder, es magnífico. Y la forma en que me mira... Su evidente interés por mí aviva mi deseo sexual, estancado después de experimentar la muy limitada gama de posibilidades de citas en Taos. Después de darme cuenta de que el

Gran Plan que tengo para mi vida nunca podría concretarse.

—No te preocupes —le digo—. Me acabas de sorprender.

Su sonrisa le marca un hoyuelo.

Cielos. Cara de modelo, encanto de estrella de cine, hombros musculosos de nadador olímpico. Triple amenaza.

—¿Qué haces aquí, sola al amanecer, Charlie? —murmura.

La pregunta no debería sonar como si me hubiera ofrecido sexo, pero por alguna razón, lo parece.

Se acerca, flotando, justo al límite de mi espacio personal. Levanto la cabeza hacia él con una sonrisa, lista para coquetearle, aunque no debería. Este tipo parece tener la palabra *mujeriego* garabateada en su musculoso torso. He conocido a un millón de hombres como él en la base militar donde crecí, pues los militares se follaban cualquier cosa con pulso y nunca miraban atrás.

No quiero juzgarle pero conozco su estilo: Divertido para una cita, desaparece como un fantasma al día siguiente. Lo opuesto al tipo que necesito para *El Gran Plan.*

Y, sin embargo aquí estoy, deleitándome en su encanto como si fuera mi batido de moca favorito con salsa de chocolate, crema y virutas de chocolate negro encima.

—Es mi cumpleaños. —Me encuentro diciéndole, a pesar de que no planeaba comunicárselo a nadie que ya no lo supiera.

Esboza una sonrisa asesina de mujeres.

—Feliz cumpleaños, Charlie —murmura mi nombre como si lo saboreara.

Si fuera cualquier otro, le pondría los ojos en blanco y levantaría mis defensas habituales. Todavía estoy a tiempo de ignorar el encanto de Lance y si le dijera que se mantenga alejado de mí, lo haría, pero flota desnudo en el agua, tan cerca, tan guapo, con toda su atención puesta en mí, que se siente como el destino.

—Si estuviéramos en un bar, te invitaría una copa. Pero ya que estamos desnudos en una fuente termal, ¿aceptarías un masaje en la espalda? —Su hoyuelo hace acto de presencia. Este adonis encantador tiene licencia para matar, con esas pestañas largas, pómulos esculpidos, ojos azules.

—¿Un masaje de cumpleaños?

Ja. Ahí está. Desempeña su papel de galán tan perfectamente que podría ser parte de un guión. Pero al diablo, quiero dejar que suceda.

—¿Qué tal un masaje en los pies? —le reto, dejando que un pie se deslice en el agua entre nosotros.

No vacila. Me coge el pie, lo mantiene bajo el agua y acaricia el arco con sus pulgares. Es exquisitamente hábil. Utiliza la cantidad justa de presión entre los largos huesos metatarsianos y tira de cada dedo del pie como si descorchara una botella de buen vino. Luego empieza a trabajar entre ellos.

Mi plan va rumbo al fracaso. Cada punto que presiona en mi pie provoca que el placer se dispare a la entrepierna. Esto es un juego previo.

Ay, joder. Este tipo está tan bueno que va a hervir el agua de esta piscina natural. Si no supiera tantas cosas sobre follar con militares, lo haría. No para incorporarle a él al Gran Plan. Dios, no. Solo por diversión. Solo para mí.

Sé que sería bueno en la cama.

—Eres amiga de Sadie —observa.

Parpadeo. No me sorprende que se acuerde: nos hemos cruzado una vez antes, brevemente, en un restaurante.

Parece el tipo de hombre que no se fija en nadie más que en la chica que está justo delante de él, desnuda.

—Eres amigo de Deke —replico.

Parece divertirse cada vez más y me estudia con esos hoyuelos que asoman.

—Usas camisetas bonitas.

No debería alegrarme tanto que lo notara. Él *sí* me conoce. Y le gustan mis camisetas. O piensa que son lindas, ¿es lo mismo?

—Montas una Harley.

Niega con la cabeza.

—Una Ducati. —Luego se encoge de hombros, como si se percatara de que probablemente no me interese escuchar la diferencia—. Sí.

Vale, me gusta este tipo. No quiero, pero es muy difícil que no guste. Especialmente cuando me masajea los dedos de los pies como si supiera que de alguna manera es el camino secreto hacia el norte, directamente a la entrepierna.

Por un instante de locura, considero saltarle encima aquí mismo, en las aguas termales, pero no se me da bien la espontaneidad. Nunca. Nada sucede en mi vida sin una reflexión profunda previa. Sin un plan.

– He oído que sois miembros de las Fuerzas Especiales.

Una pizca de recelo le surca la mirada. Su rostro se vuelve un poco cauteloso. Tiene sentido. Fuerzas Especiales va en serio. Probablemente hizo y vio cosas que le cambiaron la vida para siempre. Es lo que me temo para Chad. Pero supongo que es lo que él quiere, es decir, Chad, no Lance. Sabía en lo que se estaba metiendo cuando se alistó.

—Éramos —dice Lance, y el tono serio en su voz grave me produce un placer interior que rivaliza con el de sus caricias—. Ahora estamos en seguridad privada.

Cierto. Yo también lo sabía, no estoy segura de cómo sentirme al respecto. Las fuerzas especiales cuentan con habilidades que se traducen en tareas de mercenarios en el sector privado. Un trabajo duro y peligroso que paga muy bien. He visto sus coches y motos de lujo. Están *forrados* en dinero en efectivo, ya que los contratos privados son lucrativos por su alto riesgo. Tengo la sensación de que las tareas que ejecutan Lance y sus amigos pueden no ser del todo legales.

De cualquier manera, Lance es un adicto a la adrenalina. Dejó el ejército pero no pudo dejar la vida militar. No hay nada de malo en ello, simplemente no es un tipo con quien pueda salir.

Cuando me señalo el pecho, sus ojos siguen el movimiento como un tigre que observa a su presa.

—Hija mimada de militares. Ambos padres estuvieron en servicio activo y fueron asignados a muchos sitios.

Su expresión se suaviza.

—Lo siento

Me río.

—Sí. Gracias. Definitivamente me ha marcado.

Me masajea el talón, pellizca toda la circunferencia y luego acaricia el tendón de Aquiles. Se me ponen rígidos los pezones aun bajo el agua caliente. Hago una nota mental para no levantar los hombros por encima de la línea de flotación, para que no vea su efecto en mí.

—¿Muchas mudanzas o misiones? ¿Qué rama?

Logra desarmarme un poco más con cada minuto que permanezco aquí con él. Su pregunta demuestra que me entiende; la forma en que me observa en busca de mi respuesta hace que parezca que realmente le interesa.

Le interesa en echar un polvo, me recuerda mi lado sarcástico.

—Las dos cosas. Mis padres eran de la Fuerza Aérea. Nos mudábamos mucho y cuando mis padres estaban asignados al mismo tiempo, entonces nos quedábamos con mis abuelos. Un colegio diferente casi todos los años.

La mirada de Lance es comprensiva.

—Pero no, no tengo ningún problema con la cultura militar *per se*.

Arquea una ceja y su mano me acaricia sensualmente la pantorrilla de la otra pierna hasta que atrapa el talón y cambia el pie. Se me aprieta el coño. Este tipo se las sabe *todas*. Empieza a acariciarme el otro pie y ahogo un gemido de placer.

—Vives en Taos. ¿No es la cultura de aquí todo lo contrario?

Me río y le digo:

—Buena observación. ¿Por qué vosotros elegisteis este lugar?

—Pregunté primero.

Juro por Dios que los pezones me zumban de placer. Este hombre tiene a todas las terminaciones nerviosas de mi cuerpo hormigueando por él.

—Vale, tienes razón. Elegí Taos porque quería lo contrario de lo que tuve al crecer. Quería un lugar para echar raíces, donde quedarme para siempre. Me encanta Taos. Es hermoso, me gusta el ambiente liberal aquí. Pero no soy hippie. No soy una persona que anda casualmente por la vida hasta que el Espíritu me lleve a otro lugar.

—No. —Su mirada es cálida—. Pareces tener los pies en la tierra.

Halagos. Otra técnica del manual del donjuán. Lance es más atento que la mayoría de los tipos, lo reconozco, y debo huir antes de que no me queden defensas. En realidad, tengo que irme de todos modos, si quiero a llegar a tiempo al trabajo. Ya me quedé mucho más de lo que he planeado.

—Sí, bueno, por mucho que me guste esto, tengo que irme. Debo estar en el trabajo a las ocho.

Lance me suelta el pie y se incorpora chorreando agua. Se gira para inclinar sus caderas lejos de mí. ¿Todavía tiene una erección?

—Vale. —Sale de las aguas termales dándome esa vista épica de su trasero; el agua fluye como riachuelos entre los poderosos músculos de sus cuádriceps, hombros y espalda.

Me quedo muda por un momento. Es como si viera una obra de arte, una escultura en mármol de un dios griego. No tengo palabras.

—Dame tiempo y te dejaré en privado para que salgas y te vistas —dice.

Vaya caballero. Cualquiera menos amable se quedaría por ahí intentando echarme un vistazo u ofreciéndose a ir conmigo hasta el cañón.

Noto que curva una mejilla del rostro cuando me dice por encima de su hombro:

—Feliz cumpleaños, Charlie. Espero volver a verte pronto.

Desaparece detrás de las ruinas de la antigua casa de baños, lejos del sendero que sale al cañón. Y luego, podría jurar que suena como si se marchara corriendo.

Salgo de las aguas termales, porque la curiosidad se impone a cualquier temor que pueda sentir, pero ha desaparecido. Escudriño el sendero al costado del cañón.

Ni rastros de él.

¿Qué...? ¿Qué diablos?

¿A dónde se fue? ¿Y por qué tenía tanta prisa? No tiene sentido, pero no tengo tiempo para preocuparme. Si no me pongo la ropa y me voy de aquí, llegaré tarde al trabajo.

* * *

Lance

Rafe me mataría si supiera de mi osadía.

Y no me refiero a la erección que me brotó por la despampanante humana, *Charlie*. La chica con cuya cara tendré presente para liberarme todas las noches de esta semana.

Corrí a lo largo del río en forma de lobo, tratando de poner algo de distancia entre las termas y yo antes de que Charlie saliera del agua y descubriera que no tenía ropa que ponerme, ah, y que por casualidad nadé hasta allí desde el puente John Dunn *en forma de lobo*.

El chapuzón en el río de aguas gélidas de las nevadas, seguido por el baño en las aguas termales, ha sido últimamente un capricho. Hoy ha sido la tercera mañana que llegué con mi Ducati hasta el puente bajo, me quité la ropa y nadé en cuatro patas río abajo en el agua helada para luego recompensarme con el placer de las aguas termales, una actividad totalmente vetada, ya que mostrar a nuestros lobos cerca de los humanos está prohibido.

Joder, pero se siente tan bien. El contraste del río helado, luego el calor humeante. La euforia matutina del ejercicio y el placer.

Pero no puedo arriesgarme otra vez. No sé cómo mi lobo no se dio cuenta de la presencia de Charlie antes de lanzarme a esa fuente termal.

¡Joder!

Estaba en forma de lobo cuando me zambullí y literalmente tuve que transformarme en el aire cuando me di cuenta de que ella estaba allí. Tuve mucha suerte de que tuviera los ojos cerrados y no viera a mi lobo.

Primero me puse nervioso por mi error, luego por su seductor aroma, que me resultó difícil de distinguir antes completamente por el efecto del agua. Me volví loco intentando obtener todas las notas de su aroma. Como pino y melocotones en uno.

He visto a Charlie en el pueblo anteriormente con ese grupo de mujeres que pasa el rato con Sadie, la compañera de Deke. Pero hoy fue la primera vez que me acerqué lo suficiente a ella como para olerla, y ahora anhelo más. Mucho más.

Tal vez sea solo por el hecho de que estaba desnuda y yo acababa de transformarme, pero me asaltó una erección que se negó a bajar todo el tiempo que estuve en esas aguas con ella. Es decir, soy el tipo de persona que aprecia a una mujer desnuda, independientemente de su olor. Cualquier mujer desnuda.

Tal vez haya pasado demasiado tiempo desde que llevé a una mujer a la cama, y aunque no vi mucho de Charlie, pensar en lo que escondía debajo de todo ese vapor y agua casi me vuelve loco.

Definitivamente quiero ver más de ella.

Todo de ella. Preferiblemente retorciéndose debajo de mí, gritando de placer mi nombre mientras la hago llegar al clímax.

Tal vez sea esta noche. Al fin y al cabo, es su cumpleaños y sería una lástima dejar a una mujer insatisfecha en su día. Pero Rafe me cortaría la polla si la persigo para que grite de placer. Se supone que no debemos confraternizar con los civiles, es decir, con los humanos. Charlie es amiga de Sadie, lo que significa que las cosas podrían complicarse. Vivir en un pueblo pequeño hace que echarse solo un polvo sea casi imposible.

Llego al puente donde dejé mi Ducati. Después de levantar la nariz para olfatear el aire en busca de humanos, vuelvo a mi forma bípeda, salgo de la maleza y me pongo la ropa que dejé junto a la moto.

Que Rafe no lo sepa no le hará daño.

Capítulo Dos

Charlie

—¡Feliz cumpleaños! —Adele me abraza. Estaba tan absorta en mis pensamientos y en mi Martini, que ni siquiera la escuché acercarse.

—¡Shhh, baja la voz! —le digo, mientras le devuelvo el abrazo—. No quiero que todo el restaurante lo sepa. El personal podría venir a cantarme.

—No te preocupes, aquí no hacen eso. Llamé al gerente para asegurarme.

—Oh, bueno. Gracias. Todavía tengo pesadillas del año pasado. —Fuimos a un restaurante mexicano y Tabitha hizo que toda la banda de mariachis tocara canciones de cumpleaños durante quince minutos seguidos.

—Yo también. —Adele levanta sobre la mesa contigua una bolsa gigante llena de cajas blancas y doradas de bombones. Se me hace la boca agua al verlas. Lo maravilloso de tener una mejor amiga que es dueña de una tienda de chocolates es ser un conejillo de indias para todas sus nuevas delicias—. Todo el restaurante tiene instrucciones estrictas de no armar un gran alboroto. Pero no puedo asegurar que Tabitha no me eluda y haya contratado a un *stripper*.

—¡Oh, Dios! —Trato de imaginar a uno e inmediatamente pienso en Lance, sin camisa, con ese tatuaje de lobo, balanceándose al ritmo de la música, con una sonrisa arrogante en su rostro. Me atraganto con la bebida y balbuceo.

Adele me golpea la espalda.

—¿Estás bien?

—Bien. Me ahogué. —Tengo que controlarme a mí misma—. ¿Qué hay de nuevo contigo? ¿Cómo está The Chocolatier?

Una expresión angustiada surca el rostro de Adele antes de calmarse.

—No hablemos de trabajo —dice—. ¿Y tú? ¿Hiciste algo especial hoy?

—Solo trabajar. —Y bañarme con un bombón desnudo. Me ruborizo. Giro la cabeza y apoyo la barbilla en la mano, tratando de ocultarlo, pero Adele me conoce demasiado bien.

—No, esa no es toda la historia. ¿Qué pasó?

—Es posible que haya conocido a un tipo muy guapo.

—Oooh — jadea—. ¿No es un stripper? —bromea.

—No. —Acerco la cabeza a ella—. Y no se lo digas a nadie más. —Amo a todas mis amigas, pero no quiero que sepan que Lance me parece sexy. Sadie se entusiasmaría y trataría de ligarnos en citas, y no voy a salir con él. Lance no es parte del Gran Plan.

—El secreto está a salvo conmigo. ¿Cómo es él?

Pongo los ojos en blanco.

—Es un mujeriego. Lo puedo afirmar. Como todos los oficiales de la base militar de mi infancia. —Aparto mi Martini—. Pero quiere enrollarse conmigo y definitivamente lo consideré por un minuto.

Llega la camarera y Adele pide una botella de vino para la mesa antes de volverse hacia mí.

—¿Y qué? ¿Por qué no saltarle encima?

La miro boquiabierta. Esperaría que Tabitha, nuestra amiga hippie sin trabajo real y con un estricto código de *laissez faire*, abogara por el amor libre y las aventuras de una noche, pero no de Adele. Todas admiramos a Adele, no porque sea un año mayor, sino porque es muy responsable y organizada. Dirige su propio negocio y pasa cada minuto de vigilia completamente maquillada, con tacones altos de buen gusto, luciendo lista para una sesión de fotos en París. Es la única persona que conozco que regularmente usa chales como complemento.

—No es parte del Gran Plan —le digo.

—Correcto. —Adele afloja su bonito chal color crema y se echa hacia atrás un bucle castaño perfecto—. ¿Cuál es el plan ahora?

Respiro hondo.

—Casarme a los treinta, tener dos hijos. Criarlos en Taos. Viajar y conocer un parque nacional diferente cada verano. Retirarme a los cincuenta.

Adele entrecierra sus ojos verdes hacia mí.

—Una vez que me jubile, puede que haga algo alocado —añado para no parecer tan aburrida—. Como empezar una granja de cactus. O cruzar diferentes variedades de ficus.

La camarera entrega la botella de vino. Adele se sirve una copa y bebe un gran sorbo.

—Muy bien, ¿quieres mi consejo? —Deja la copa en la mesa con un golpe—. Olvídate del plan. Te pasas toda la vida trabajando por algo, solo para que fracase. Es mejor arriesgarse, aunque se te quemen los malvaviscos.

Me quedo boquiabierta.

—Vale, ¿qué te pasa? ¿Pasó algo? ¿Es por la tienda?

—No quiero hablar de eso. —Hay surcos alrededor de su boca que nunca antes había notado—. No en tu cumpleaños. Hoy se trata de ti. Y creo que deberías hacerlo. Duerme con él, sea quien sea. No como parte del plan; solo para disfrutar de un hombre guapo. Hazte el favor, Charlie.

Cuando llega el resto de nuestras amigas, Adele se sienta con una sonrisa plácida, sin señales del estrés anterior. Dejo que la atención se desvíe hacia mí, pero tomo una nota mental para ver cómo está más tarde.

En cuanto a sus consejos, bueno... tal vez pueda agregar al Gran Plan un apéndice para una aventura de una noche. Pasar una noche de sexo con Lance y olvidarme del asunto. *Bam, bam, gracias, soldado.* Luego él seguirá adelante y yo volveré a buscar a alguien con potencial para el largo plazo. Alguien que sea un buen marido. Tal vez pueda encontrar a un tipo con experiencia en contabilidad para que todos los años pueda calcular nuestros impuestos.

Mi plan es perfecto. ¿Qué podría salir mal?

* * *

Lance

Trabajar en inteligencia tiene sus ventajas. Sin recurrir a preguntarle a Deke, lo cual me delataría, averiguo todo lo que puedo sobre la señorita Charlie. Trabajo: la Oficina de Correos. Domicilio: su propia casita de adobe en el pueblo. Y, lo más importante para el plan de esta noche: la marca y el modelo de su coche. ¿De qué otra manera podré encontrarme casualmente con ella en su cumpleaños?

Va a estar con sus amigas.

No me toma mucho tiempo llegar a la zona turística de

Taos y finalmente ver su Subaru Forester al lado del Hyundai blanco de Sadie, frente al restaurante más bonito de Arroyo Seco.

No entro porque está con sus amigas y sería incómodo. En cambio, hago un reconocimiento completo, aparco mi moto al otro lado de la calle debajo de un árbol, me acomodo en el asiento y miro a través de las ventanas de cristales oscuros. Una vigilancia en toda regla. Algo que he hecho muchas veces, pero nunca, nunca por una mujer.

Pero Charlie es diferente. Mi lobo me asegura que es especial. Y voy a averiguar por qué.

Cuando sale el grupo de mujeres, cruzo sigilosamente la calle y luego me aparezco desde la calle lateral, pasando casualmente cerca del coche de Charlie.

—Hola, cumpleañera.

Respira hondo y gira la cadera para apoyarse en el coche.

—¡Lance!

Oh, joder. Me gusta la forma en que mi nombre suena en sus labios. Percibo su aroma a melocotón y pino, esta vez sin agua que lo aplaque, y me da de lleno en las pelotas. Los vaqueros me aprietan demasiado.

Maldita sea. Nunca antes había tenido una reacción tan dura por ninguna mujer, humana o metamorfa. Muevo las caderas tratando de disminuir la presión, pero por lo demás ignoro el bulto que hay debajo, con la esperanza de que no mire hacia allí y se dé cuenta.

—Vine a invitarte una copa. —Es una frase cursi. La he usado con mujeres antes, pero por lo general no estaba tan apegado al resultado. Por alguna razón, es importante que me diga que sí.

Charlie vacila; su mirada se dirige a sus amigas, que se

suben a sus coches. No se dan cuenta de que estoy aquí. Ya están de vuelta en sus propias burbujas.

—Solo una copa —añado con encanto, practicando ese efecto que domino de hacer que mi interés parezca casual, amistoso y no amenazante. Resulta útil en las misiones porque soy el tipo que envían como distracción. Tengo una cara en que la gente cree que puede confiar, una cara que esconde el poder y la ferocidad del animal que acecha bajo la superficie. Es lo opuesto a la vibra intimidante que logra mi hermano, nuestro alfa, Rafe. O el gigantesco Deke vestido de cuero, nuestro miembro más grande de la manada.

Por supuesto, no soy una amenaza. No para Charlie. Solo para sus bragas.

Charlie me mira con la melena rubia cayéndole por el rostro. Sabe que quiero meterme en dichas bragas, como tengo la sensación de que sabe exactamente cómo soy, menos la parte del lobo. Dudo que sea su estilo, pero está familiarizada. Creció en bases militares con tipos como yo a su alrededor, así que lo está considerando. Al fin y al cabo, es su cumpleaños. Y después de ese masaje en los pies, probablemente sepa que puedo hacerla sentir muy bien.

Arrastra su regordete labio inferior entre los dientes, debatiéndose.

—Una copa —acepta.

Mi puño lobuno se alza triunfante al cielo nocturno estrellado. Le toco ligeramente la espalda y la llevo de vuelta al restaurante, donde nos sentamos en la barra y se quita el grueso abrigo turquesa de invierno. Lleva una de sus camisetas con estampa debajo de una chaqueta corta, una estampa de un unicornio con arcoíris. La camiseta le queda ajustada y le acentúa la cintura estrecha y las tetas turgentes. Completa el atuendo con un par de botas de tacón alto debajo de sus vaqueros azul oscuro. Tengo que reprimir el gruñido de aprobación del lobo que surge en mi garganta.

La bartender es un guapa veinteañera de pelo largo pelirrojo que lleva recogido en una cola de caballo. Tomo nota para agregarla a mi lista de posibilidades, pero tan pronto como aparece ese pensamiento, mi lobo lo bloquea.

Charlie, gruñe.

Lo sé. Estoy trabajando en Charlie. La pelirroja quedará para más adelante.

Mi lobo todavía no la tiene. El aroma a melocotón y pino de Charlie causa estragos en ambos. Quiero saltarme las bebidas y llevarla contra la pared más cercana, enterrar mi polla tan profundamente en ella que nunca más vuelva a mirar a otro hombre. Lo cual es... inapropiado. Se supone que yo soy el amable, pero me siento tan salvaje como Deke antes de encontrar a Sadie.

—Me tomaré un Dirty Martini —le dice Charlie a la guapa bartender. Me resisto a hacer una insinuación sobre la parte *dirty*, especialmente cuando veo que su mirada se desliza hacia mí como si la estuviera esperando. En su lugar, solo le guiño un ojo.

—Grey Goose y tónica para mí. —Me pongo de espaldas a la barra para fijar toda mi atención en Charlie—. ¿Recibiste un buen regalo de cumpleaños esta noche? —De acuerdo, podría haberle hecho insinuaciones en esa pregunta.

La mirada de Charlie se posa en mis labios por un instante como si considerara de dónde podría venir su regalo.

Así es, hermosa. Esta boca puede hacerte gritar de placer.

—Yo, mmm, sí. —Sus manos se ralentizan en el acto de quitarse la chaqueta corta. La he puesto nerviosa. O sus propios pensamientos lo han hecho. Un ligero rubor se extiende por su cuello—.Pero Adele, Tabitha y Sadie me ayudaron a comer una tarta de chocolate sin harina.

—Bien —refunfuño—. Las cumpleañeras deberían quedarse con toda la tarta.

—Sí. —Noto que los pezones le sobresalen de la camiseta y el sujetador. Está recogiendo la vibra que le estoy dando.

Llegan nuestras bebidas y Charlie toma un gran sorbo de la suya como si estuviera tratando de estabilizarse. O tal vez esté atenuando su resistencia hacia mí. Puedo oler su excitación. Sabe lo que le ofrezco y lo quiere, pero todavía no está segura de si se lo va a permitir.

No toco mi bebida. Mi misión no está ni cerca de completarse.

—¿Ha sido bueno hasta ahora?

—¿Mi cumpleaños? —Charlie reflexiona—. Tuve una buena mañana, a pesar de que un tipo se zambulló en las aguas termales justo a mi lado —bromea. Oh, cielos, está bromeando. Es una buena señal.

—Uy —le digo inexpresivo—. Qué imbécil.

—Está bien, lo compensó después —murmura casi demasiado bajo para que la escuche.

Sonrío más.

—Muy bien. Estoy seguro de que nunca lo volverá a hacer. Por supuesto, podría haberse dado cuenta de que estabas allí si no hubieras escondido tu ropa en las rocas.

Se ríe.

—La encontraste, ¿eh?

Me acerco y le acerco la cabeza a la oreja.

—No pensé que hubieras caminado desnuda hasta allí.

—Su respiración se entrecorta cuando digo la palabra *desnuda* y me inclino para continuar—: Estaba mirando cuando salí, para averiguar dónde me equivoqué tanto. Por lo general, tengo habilidades de reconocimiento mucho mejores que esas.

Una sombra le surca el rostro. Si Charlie fuera cualquier otra mujer, lo ignoraría o la distraería hasta que pudiera meterla en la cama. Pero no puedo con Charlie. Por alguna razón, es importante para mí, a pesar de que nos acabamos de conocer.

Reviso mis palabras para averiguar qué desencadenó ese ensombrecimiento. Sé por mi investigación que sus padres todavía están vivos y juntos, retirados del servicio activo y viviendo en Green Valley, Arizona.

—¿En qué estás pensando? —pregunto en voz baja.

—Vaya. Um, *reconocimiento*. —Toca su bebida con los dedos y se queda en silencio como si esperara que siguiera adelante. Pero me quedo callado, esperando, así que ella asiente con la cabeza y continúa—: Pensé en mi hermano. Actualmente está en servicio y no he sabido nada de él durante seis meses. Me estoy volviendo loca.

Chad Holland, veinticuatro años, servicio activo de la Fuerza Aérea. No he indagado en su información más allá de eso.

—Estás preocupada por él.

Ella asiente y prosigue:

—Estoy segura de que está bien. Mi mamá sigue diciendo que está convencida de que está bien. —Se frota las sienes—. Crecí siempre con la preocupación de que uno o ambos padres no llegaran a casa cada vez que estaban en misiones. Uno pensaría que a estas alturas ya habría aprendido a no preocuparme.

Le acaricio un mechón de pelo rubio que se desliza por su cara.

—¿Pero cómo dejar de preocuparse? —pregunto.

—Sí...

—Mi hermano es el que se preocupa en nuestra familia —le digo y le esbozo una sonrisa apesadumbrada—. Creo que piensa que si él lo hace todo, yo no tendré que hacerlo.

Me mira entrecerrando las pestañas. No lleva rímel. Al igual que esta mañana, su rostro es natural y fresco. Hermoso.

—Pareces bastante relajado.

Me encojo de hombros.

—Como dije, Rafe asume todas las responsabilidades sobre sus hombros.

—Así que tú eres el *playboy*.

¡Ay! No debería ofenderme porque tiene razón, yo soy el playboy, al menos en lo que respecta a las mujeres. La etiqueta me cabe pero esta noche no me agrada. Quiero que Charlie piense mejor de mí.

Le quito la bebida de la mano y la dejo en la barra.

—Soy el playboy que sabe cómo hacerte olvidar tus preocupaciones por una noche, cumpleañera. ¿Me lo permites?

Sus ojos se oscurecen y respira temblorosamente.

—Um...

—Te dejaré montar mi Ducati.

—¿Tu Ducati? —Charlie arruga la nariz—. ¿Es una especie de eufemismo?

Profundizo mi voz y pronuncio la siguiente frase con un tono cursi y seductor.

—Solo si quieres que lo sea.

Charlie niega con la cabeza, poniendo los ojos en blanco.

—Mi moto —aclaro—. Si lo prefieres.

—Mmm. Nunca antes había montado una Ducati. —Su tono es sensual, lo acentúa al batir sus pestañas hacia mí.

Vaya. Incluso cuando finge coquetear, es extremadamente sexy.

—Hasta te dejaré conducir.

Se ríe.

—¿Qué te hace pensar que quiero?

—Sé que quieres, Charlie. —Tiro algunos billetes en la barra para pagar nuestros cócteles.

Su sonrisa es milagrosa. Hace que mi lobo presuma de haberle sacado una a ella.

—Guau.

—Vamos. —Me pongo de pie y agarro su chaqueta del respaldo del asiento.

Se levanta y le extiendo la chaqueta, luego le apoyo la mano en la parte baja de la espalda, donde encaja perfectamente, como si hubiera sido hecha para posarse allí. La llevo afuera y saco las llaves de la Ducati de mi bolsillo.

—¿Has conducido una motocicleta antes?

Respira hondo y exhala.

—No desde el instituto.

—Es fácil. Como andar en bicicleta. Si lo has hecho una vez, no lo olvidarás. —Llegamos a mi moto—. No te pongas nerviosa.

Me echa una mirada y luego vuelve a mirar la moto.

—¿Vas a subirte conmigo?

—Por supuesto, cariño. Estaré contigo todo el camino. —Hago una pausa—. ¿A menos que quieras que te siga en tu coche?

—No, te quiero en la moto. Definitivamente. No quiero hacerlo sola.

Le subo la cremallera del abrigo grueso hasta la barbilla y le pongo el casco en la cabeza, apretando la correa de la barbilla. Saca de sus bolsillos un delgado par de guantes de cuero marrón y se los pone. Extendiendo la mano junto a ella, pongo la llave en el contacto.

—Adelante. Súbete. —Esboza una sonrisa.

—Vaya. Esto es una locura —dice, pero lanza la pierna sobre la moto como una profesional y agarra el manillar—. Este es el embrague. Este es el freno. ¿Verdad?

—Exactamente. —Aprovecho cada oportunidad para tocarla, cerrando mis dedos sobre los suyos para asegurarme de que su agarre es bueno, pasando una mano por su espalda sobre su abrigo para calmarla.

—Esto es una locura —repite, encontrando el botón para encender el faro—. Debo de estar loca.

—Vale. Estaré aquí. —Me subo detrás de ella. Su pequeño cuerpo encaja entre mis piernas, su trasero me roza la polla. Cuando su aroma a melocotón y pino me envuelve, saboreo el momento. Con solo estar cerca de ella, podría morirme feliz.

—Está bien, estoy recordando cómo va esto.

Me acerco para apoyar mis manos sobre las suyas en el manillar.

—Lo tienes.

—¿Las marchas están aquí abajo? —Encuentra el pedal de la izquierda.

—Sí.

—Vale. —Deja escapar el aliento—. Aquí vamos. —Arranca la motocicleta que cobra vida—. Tal vez sí recuerde cómo hacerlo—murmura para sí misma.

Aprieta el embrague y cambia a primera, luego acelera y suelta el embrague. Avanzamos sin problemas.

—Perfecto. —Suelto el manillar para apoyar ligeramente las manos en sus muslos. Suficiente contacto para prepararla para lo que viene. No mucho como para distraerla de conducir.

Al principio se lo toma con calma, siguiendo las curvas de la carretera en dirección al pueblo. Cuando se abre un tramo largo y recto, aumenta la velocidad y escucho su risa eufórica filtrarse en el viento, junto con ese delicioso aroma.

Quisiera enterrarle la cara en su cabello y morderle el cuello. Un pensamiento extraño que no suelo tener con las hembras, especialmente con las humanas. Nunca antes he tenido la necesidad de marcar a una mujer, pero el deseo parece aflorar esta noche. Tal vez sea porque me acerco a los treinta y mi lobo quiere que me aparee.

Lo siento, no va a pasar, amigo.

Las relaciones están prohibidas en nuestra pequeña manada. Al menos, lo estaban hasta que Deke conoció a Sadie, su compañera.

Charlie reduce la velocidad cuando entramos en el pueblo y se detiene en el primer semáforo. Pongo una pierna en la que apoyar la moto para que ella no tenga que hacerlo.

—¿Te estás divirtiendo? —digo por encima del viento.

—Sí. —Suena entusiasmada, como si casi no pudiera creer que haya decidido hacer esto. Es música para mis oídos, como pequeñas muestras de placer que me perforan la piel.

Cuando el semáforo se pone en verde, pone la moto en marcha y acelera lentamente, buscando el camino hacia el pueblo hasta detenerse frente a una casita en una tranquila calle secundaria.

—Esta es mi casa.

Me acerco para apagar la moto.

— Supongo que piensas que vas a entrar. —Hay risa en su voz.

—Voy a entrar —le digo—. Tengo un trabajo que hacer.

—¿Ah, sí? —Ahora coquetea, algo que supongo que siente fuera de lugar—. ¿Qué es eso?

—Mi trabajo es hacerte gritar de placer hasta que te quedes ronca, cariño. —Le desabrocho el casco de la barbilla y se lo quito—. Y pienso tomarme mi tiempo, así que será mejor que empecemos si quieres dormir esta noche. —Le guiño un ojo.

Charlie duda, a pesar de que ambos sabemos que ya ha tomado su decisión.

—¿Funciona en todas las mujeres?

—No lo pruebo en todas las mujeres. Eres la única mujer a la que he dejado conducir mi moto —le digo. Es la verdad. Honestamente, es la única mujer que he conocido que parecía lo suficientemente competente para hacerlo. Charlie exuda habilidad.

Parece que mi revelación le gusta. Sonríe mirando mi rostro.

—Tus ojos casi se ven plateados a la luz de la luna.

¿Mi lobo está apareciendo? Me da que pensar. No creo que me haya sucedido antes con una mujer. Maldita sea, realmente debo necesitar echarme un polvo esta noche.

Me acerco y le agarro la nuca, atrayéndola hacia mí.

Charlie jadea, sus manos se acercan a mi pecho, su aliento nubla el aire entre nosotros. Mi boca desciende a la suya en un beso áspero. Una promesa de lo que está por venir. Separa los labios, aceptando mi botín. Dejo que mi lengua se mueva como sugerencia de lo que haré entre sus piernas.

Y entonces se entrega por completo. Me rodea el cuello con los brazos devolviéndome el beso, abandonando cualquier resistencia que aún le quedase. Le levanto el culo con el antebrazo para que se ponga a horcajadas sobre mí y la llevo a su puerta, mientras nuestros labios y lenguas se enredan y se retuercen.

—Aquí. —Sin aliento, levanta las llaves. Se las quito negándome a romper el beso y busco a tientas la cerradura sin mirar, lo que me da la oportunidad de presionar su espalda contra la puerta y moler el bulto de mi polla en la muesca entre sus piernas. Cuando la puerta se abre, entramos, riéndonos. Recupero el equilibrio y me aferro a ella; su aroma me está volviendo loco ahora, ya en mis fosas nasales, creando todo tipo de caos con mi animal.

Si mis ojos no eran azules como el hielo antes, seguro que lo son ahora. Esperemos que Charlie no recuerde el color anterior.

Quiero llevarla directamente al dormitorio pero le prometí pasar toda la noche en vela, con la intención de asegurarme de que sienta que vale la pena romper sus propias reglas, porque estoy seguro de que esta noche conmigo es una ruptura de sus reglas. Charlie no me parece el tipo de persona de las que ligan en un bar. Dudo que sea espontánea o salvaje. Su casa está limpia y ordenada al extremo. Pequeña, básica, pero bien cuidada y organizada. La llevo a la mesa del comedor, que es una superficie de nogal gruesa y robusta con patas, y la acuesto. Intenta sentarse, pero la echo hacia atrás y le quito las botas.

—Um, no creo que esta mesa nos contenga a los dos.

Me río.

—No voy a subir contigo. Las mesas son para comer, ¿verdad?

—Oh, cielos —gime y se ríe cubriéndose la cara, aunque no puede saber que la veo sonrojarse.

Le desabotono los vaqueros y se los bajo, luego le quito las bragas mientras ella se quita el abrigo y la chaqueta.

—Solo quería un lugar donde extenderte y admirarte —

le digo—. Mmm. —Le toco el pezón puntiagudo que asoma en su camiseta ajustada—. Eres tan jodidamente guapa con esta camiseta —reflexiono—. Pero también tiene que volar.

Me quito la chaqueta de cuero y la dejo caer al suelo.

Charlie me ayuda a quitarle la camisa y yo le desabrocho el sujetador, luego desliza sus brazos también. Agarro sus muslos, sosteniendo sus rodillas en alto, y me quedo mirando por un momento, admirándola, apoyada en los codos, desnuda. Sus pechos son un puñado perfecto en su cuerpo atlético. El vello de su monte de Venus ha sido cuidadosamente recortado.

—Eso sí que es un espectáculo —murmuro.

—¿Cómo puedes verme? —pregunta—. Las luces están apagadas.

Le mordisqueo la parte interna del muslo, empezando por la rodilla y subiendo por ella.

—¿Querías que encienda las luces? —pregunto entre lamidas y mordiscos.

—N-no. —Me encanta que suene sin aliento—. Así es mejor.

Levanto la mano y acaricio un pecho, apretándolo suavemente. Le paso el pulgar por el pezón, luego la recompenso con mi lengua, lamiéndola al mismo tiempo que aprieto ese capullo puntiagudo con firmeza.

Charlie grita, las caderas se sacuden, las rodillas golpean mis hombros. Sujeto su pelvis para mantenerla en su lugar mientras indago dentro de los labios de su feminidad, encontrando el ápice donde reside su pequeño órgano de placer. Le paso la lengua por encima hasta que se pone rígido y luego giro la lengua en un círculo alrededor. Chupo uno de sus labios inferiores, soltándolo con un chasquido.

Los temblores recorren a Charlie.

—Oh, cielos. Feliz cumpleaños para mí.

—Sí —refunfuño—. Feliz cumpleaños, hermosa.

Capítulo Tres

C harlie

La mejor decisión de mi vida.

Adele tenía mucha razón. No hay nada de malo en añadir un apéndice al Gran Plan en lo que respecta a un hombre atractivo. Especialmente por un cumpleaños.

Lance me enciende. Especialmente... *¡oh!*

Me arqueo mientras posa sus labios alrededor del clítoris y chupa con fuerza. Este galán encantador conoce todos los movimientos, lo cual me lo esperaba. Un jugador es genial cuando se está jugando, ¿verdad?

Lance no tiene prisa pero mantiene un ritmo constante. No tengo tiempo para recuperar el aliento o adaptarme al placer antes de que introduzca un dedo, que sumerge y retira un par de veces, masajeando mi canal con una caricia que me vuelve loca. Casi le doy una patada en la cabeza de tan fuera de mí que me siento.

—Lance —jadeo.

—Así es, cariño. Di mi nombre cuando gozas.

—Me siento tan bien —admito. No tengo nada que ocultar si le invité a mi casa exactamente para esto. Lo

menos que puedo hacer es demostrarle mi agradecimiento
—. Muéstrame.

—¿Mostrarte qué, hermosa? —Vuelve a llevar la boca al clítoris, dándole una serie de asaltos rápidos que me hacen apretarle el dedo con los músculos internos de mi canal.

—Muéstrame lo que tienes.

Su risa es profunda y ronca.

—Oh, te lo mostraré. Te lo mostraré toda la noche.

Luego, para mi sorpresa, me da la vuelta, me levanta las caderas hasta que me pone de rodillas y manos sobre la mesa. Me abre las nalgas y me lame desde el clítoris hasta el orificio del trasero.

—¡Cielos! —exclamo. Nunca he tenido a nadie que me lama de esta manera. O que me trate de esta manera, como un sabroso postre del que no puede saciarse. ¡Tiene tanta confianza en sí mismo!

Es tan jodidamente sexy.

Sabe que es un dios del sexo. Sabe lo que hace, que es absolutamente bueno en esto. El contador de mi Gran Plan no podría lograrlo, pero no voy a pensar en él de momento. Es mi cumpleaños y voy a disfrutar cada minuto, mientras las grandes manos de Lance están firmes en mí agarrándome las nalgas, sosteniéndome mientras bordea mi ano.

—¡Lance! —Me alarma un poco que me toque allí. Las lamidas allí. Quiero decir, me duché después del trabajo, pero aún así...

Frota los dedos sobre mi sexo empapado, rodeando el clítoris, deslizándose en mi entrada. Su pulgar presiona mi culo mientras dos dedos se deslizan dentro de mi coño.

Gimo desenfrenadamente. Es vergonzoso, pero se siente de maravillas.

—Por favor —le suplico. No sé qué es lo que le suplico.

¿Quiero que se detenga? ¿Quiero más? Creo que quiero que me lleve al dormitorio—. Es demasiado —jadeo.

Hace una pausa, pero no se lo cree.

—¿Demasiado? —Su risa es áspera. Me agarra por la cintura y de alguna manera me pone de lado, levantando ampliamente la rodilla—. ¿Demasiado qué, cariño? ¿Demasiado placer?

—Sí. —Me río, porque sé que debe de sonar ridículo. O tal vez porque estoy mareada. Posiblemente histérica. Estoy tan cerca del orgasmo. Tan cerca de perder la cabeza.

Lance regresa a su autoproclamado trabajo de volverme loca con su talentosa lengua. Mientras lo hace, me masajea el ano con el pulgar, sin dejarme escapar de ese placer tabú. Esa horrible y maravillosa sensación.

—No, mmm...

Desliza su otro pulgar dentro de mí, apretándome el culo mientras me folla con el pulgar, golpeando el clítoris con cada caricia. Con el otro pulgar, aplica presión y, de repente, también penetra ese orificio. Con sus dos pulgares dentro de mí, ¡tengo una doble penetración! Deja caer una bola de saliva para lubricar el camino hacia el agujero trasero. Grito. Quiero que termine, pero se siente tan bien. Me estoy desmoronando, totalmente incoherente, perdida. Explotando en un millón de pedazos diminutos de mí misma.

Llego al climax con ambos canales apretando sus pulgares. La parte interna de mis muslos tiembla, se sacude, y empujo sus caderas con las plantas de mis pies, como si quisiera alejarle, a pesar de que es el dueño de mi orgasmo.

—Lance.

¿Solloza? ¿Ha despegado un cohete desde mi comedor? Oh, Dios, ni siquiera sé lo que acaba de pasar.

Lance saca los pulgares, me lame y me besa un poco

más en mis partes femeninas, y luego me levanta en sus brazos como si no pesara nada.

—Oh, Dios mío.

— Prefiero que me llames Lance. —Me lleva por el pasillo.

Me río, a pesar de que él suene presumido, y le muerdo la oreja, moviendo la lengua hacia adentro.

—Ay, joder, nena. Eso no es jugar limpio.

—¿No lo es? —Todavía estoy increíblemente excitada. El orgasmo me dejó débil y con las extremidades flojas, pero con un deseo encendido gritando por más.

Lance intenta abrir la puerta de mi habitación de invitados.

—No. —Me río, y no soy el tipo de chica que se ríe—. Al lado.

—¿Por qué están cerradas las puertas? —pregunta mientras busca a tientas la manija. Me acerco para ayudarle.

—¿Qué es lo que no es justo? —Le chupo el lóbulo de la oreja.

—Estoy tratando de hacer esto todo para ti, cariño. Pero si sigues provocándome de esa manera, te voy a follar duro y rápido.

Otro miniorgasmo me atraviesa.

—Duro y rápido suena bien. —Mi voz tan ronca ni siquiera suena como la mía.

Lance gime mientras se acomoda en mi cama de rodillas, todavía sosteniéndome en sus brazos.

—Quería tomarme mi tiempo contigo.

—Oh, cielos, lo *has hecho*. —Dejo que mi agradecimiento se escuche claramente alzando la voz—. Además, siempre puedes tomarte más tiempo después de follar duro y rápido.

Me deja caer de espaldas y hace lo de quitarse la camiseta con una sola mano que solo los hombres pueden hacer. Siento un ruido animal que sale de él. Un estruendo bajo. Casi como un gruñido. Es muy sexy. Sus ojos parecen brillar en la oscuridad como los de un gato.

Como si coincidiera justo con este momento y con ese pensamiento, Merlín ronronea desde mi escritorio.

—Oh, joder. Lo siento. Merlín no está acostumbrado a que reciba visitas. —Me río, avergonzada. Nunca lo había hecho antes.

—Me haré amigo de él más tarde —dice Lance, ocupado en quitarse las botas. Luego saca un puñado de preservativos de su bolsillo trasero y los echa sobre la cama.

—Supongo que viniste preparado. —Intento apartar el recelo que siento en el hecho porque haya traído tantos. Porque los tenía en el bolsillo trasero, no metidos en una cartera. Planeó ligar conmigo. Pero eso ya lo sabía, ¿no? Cojo uno y lo abro.

—No te arriesgaría, cumpleañera.

Mmm. Suena como un caballero, pero también como una frase hecha. Pero, de nuevo, ¿a quién le importa? *Es solo una noche.*

Para cuando Lance se ha quitado los vaqueros y los calzoncillos, su polla sobresale extremadamente dura, impresionante en longitud.

—Vaya.

Entonces inclina las caderas como si estuviera posando. Sigo el juego y silbo.

—Una maravilla.

—Saluda a mi compañero.

—Lo siento, ¿qué? ¿Acabas de llamarle *tu compañero?* ¿Es porque te permite echarte un polvo?

—Exacto. —Ahí está esa sonrisa de playboy.

—Ven aquí. —Mis partes femeninas están ansiosas por

conocerle. Le hago un gesto con el dedo a Lance. Se arrastra por la cama y se coloca entre mis rodillas—. ¿Nunca has tenido una mujer que te haya puesto el condón?

—No puedo decir que lo haya hecho —dice, sonando sorprendido.

—Así que ya son dos cosas que me has permitido esta noche que son las primeras con mujeres. —Dios. No sé por qué busco cumplidos. Supongo que es una fantasía universal querer ser la que corrige a un mujeriego, una fantasía que todas sabemos que nunca sucede en la vida real. Si el mujeriego sienta cabeza, se convierte en un tramposo. Quiero decir, un hombre que ama tanto a las mujeres no puede dejarlas de golpe.

De todos modos, no necesito que Lance siente cabeza. Es una aventura de cumpleaños de una noche y tengo un plan:

1. Ponerle este condón

2. Montar a su compañero hasta tener múltiples orgasmos

3. Repetir la acción hasta que me desmaye.

Dormiré bien esta noche y no le extrañaré por la mañana cuando se haya ido.

Enrollo el condón sobre su erección, y me encanta la forma en que se estira aún más en mi puño.

—Un muy feliz cumpleaños para mí —murmuro mi aprobación.

—¿Te gusta? Ni siquiera has visto lo que puedo hacer con él.

Pongo los ojos en blanco, que, por supuesto, él no puede ver en la penumbra, pero no se puede negar el latido de mi pecho, ni mi excitación de tenerle moviéndose entre mis piernas. Agradezco mentalmente a Adele una vez más por animarme a disfrutar de semejante aventura, porque ya ha valido la pena, y ni siquiera hemos tenido relaciones sexuales todavía.

Ya estoy más que lista y le guío hasta mi entrada, donde la corona de su miembro se hunde fácilmente. Lance apoya las manos en la cama por encima de mis hombros y me embiste, llenándome. Me quedo sin aliento, no por su tamaño, que definitivamente siento, sino por la perfección. Se siente tan bien. Delicioso.

Lance se retira un poco y vuelve a embestir. Mis ojos se ponen en blanco de placer.

—Joder, Charlie.

Estoy demasiado satisfecha para escuchar al playboy perder el control.

Levanto las caderas para responder a sus embestidas. Tira de uno de los pezones, mirándome con una intensidad que me pone nerviosa, mientras se desliza dentro y fuera de mí, como si fuera el trabajo más importante que ha hecho en su vida.

Se agacha para darme un beso, pero luego pierde la concentración. Su boca queda suspendida sobre la mía, nuestra respiración se entremezcla mientras se traga mi jadeo.

Me agarro de sus brazos musculosos, haciendo palanca con las caderas para levantarme y encontrarme con las suyas, intentando llevarle más profundamente, porque necesito más. Mucho más.

—Joder —vuelve a maldecir. La correa de su control se le suelta y luego me da lo que me prometió: una follada rápida y dura. Resulta que la colocación de sus manos por encima de mis hombros fue estratégica, porque ahora actúan como parachoques. Cada vez que me embiste, me desplazo contra el soporte de sus muñecas.

—Sí —jadeo. Se siente tan bien. Rudo, pero satisfactorio.

—Lo siento —jadea. Sus ojos parecen brillar. No estoy segura de por qué se disculpa, tal vez porque ha perdido el control. Ya no se trata de mi placer, él está buscando el suyo y, sin embargo, cada oleada desesperada aviva mi propio fuego. Mi deseo persigue la liberación en perfecto concierto con el suyo.

—Más —jadeo.

Sus ojos parecen brillar aún más.

—Joder. —Me penetra más fuerte, se estrella contra mí. Se mueve hacia atrás para ponerse sobre sus rodillas, agarrando mis piernas dobladas donde el muslo se pliega en la cadera para tirar de mí hacia él. Juraría que me partirá en dos. Es voraz.

Es una pasión que nunca he conocido antes. Nunca vista. Nunca la he experimentado por mí misma, porque sí, yo también la siento. Le quiero más profundo. Quiero que me destruya con esa polla, que me haga olvidar de todas mis preocupaciones, todos mis planes, todo lo que me mantiene rígida y tensa, olvidando cómo vivir.

—¡Sí! —Le animo, en caso de que no esté seguro de cuánto le necesito—. Lance... Lance.

—Cariño. —La palabra suena rota en sus labios. Como un lamento. Como si no pudiera creer lo perdido que está de momento—. No puedo... Necesito... —Por un momento, veo el brillo de sus dientes caninos y, desde este ángulo, parecen más largos y afilados de lo normal. Me sujeta las caderas, me penetra dentro y fuera con estocadas cortas y veloces, golpeando su carne con la mía, llenando la habitación con los sonidos lascivos del sexo.

—Ch-Charlie. Charlie. —Suena alarmado—. Oh, joder. —Lance deja escapar un gruñido animal cuando penetra profundamente y se libera. Entonces cuando lleva su pulgar a mi clítoris y me frota, yo también grito mi final, apretando y apretando su polla, mis pies volando hasta sus hombros.

La habitación me da vueltas. O tal vez todo el planeta se tambalea. No estoy segura. Solo sé que salgo del plano físico y me voy a algún lugar por quién sabe cuánto tiempo.

Cuando vuelvo a abrir los ojos, Lance se estremece y se relaja.

—¿Estás bien, ángel?

—Mmm. Más que bien. —Me siento flotar, pero me doy la vuelta para ver a Lance. Lance desnudo es un espectáculo para la vista. Y su sonrisa me dice que lo sabe.

Se agacha para alcanzar su polla y luego sus ojos se abren de par en par.

—Oh, joder. Oh, Charlie. El condón se rompió.

Lo único que puedo hacer es reírme.

—Bueno, no es de extrañar. Te moviste bastante deprisa.

Cojo unos pañuelos de papel para limpiarme.

Los ojos azules de Lance se clavan en los míos. Probablemente esté entrando en pánico, así que agrego:

—No pasa nada. De hecho, tomo la píldora.

Sus ojos se entrecierran. Una extraña emoción revolotea en su rostro... ¿sorpresa? ¿consternación? Sea lo que sea, la esconde rápidamente.

—Genial. Bien. Vale.

—No te preocupes —Me río y le doy unas palmaditas en el brazo—. No hay consecuencias. Me divertí.

Todavía no parece contento, pero sacude un poco la cabeza y se tumba a mi lado, atrayéndome hacia sus brazos. Me acomodo contra su cuerpo cálido y duro. ¿Sexo y abrazos? Este playboy es un triunfador.

41

—¿Abrazas a todas tus aventuras de una noche? —Le pregunto y se sobresalta.

—No —murmura en mi cuello. Todavía suena molesto. Pobre, esta charla podría ser su peor pesadilla.

Lástima. Me divertí. Y lo mejor de todo es que ya está hecho y no me arrepiento. Ahora puedo pasar a salir con contadores. Y a Lance no le importará. Habrá seguido adelante, él con su *compañero*.

Todo va según lo planeado.

Capítulo Quatro

L ance

Por la mañana, me levanto y me visto sin hacer ruido, y luego voy a preparar café a la cocina de Charlie. Nunca antes había pasado la noche y dormido con una mujer, pero anoche lo cambió todo para mí.

Charlie es mi compañera.

No lo puedo creer. Nunca pensé que me aparearía. Ya era bastante loco que Deke encontrara a su única y verdadera compañera, pero no me lo esperaba para el resto de nosotros. Es inusual encontrar a la verdadera pareja cuando todos los cambiaformas del planeta tienen que encontrar el aroma que es único para cada uno. ¡Y Charlie ni siquiera es una metamorfa!

Ahora entiendo por qué su aroma era tan tentador en las aguas termales. Ahora sé por qué no pude dejar de pensar en ella ayer. Por qué tuve que pasar toda la tarde investigándola cibernéticamente y luego toda la tarde, *literalmente,* acechándola solo para meterla en la cama.

Pero mi lobo no solo la quiere en la cama. Él la quiere para siempre.

Ese sexo de anoche no fue solo sexo. Perdí el control inesperadamente porque él quería que la marcara allí mismo. No es de extrañar que la follara tan fuerte que el condón se rompió.

Joder, espero no haberla dejado demasiado dolorida. No lo sé, incluso podría haber usado la fuerza de metamorfo con ella. Perdí totalmente la cabeza por unos momentos.

Y ahora que sé que Charlie es mía... Ahora que la he probado, que he estado dentro de ella, casi desearía no haberlo hecho. No porque no tenga la intención de reclamarla, la tengo. Pero ojalá pudiera volver a hacerlo. No estoy seguro de que yo le guste realmente a Charlie. Ella tiene la idea de que soy un mujeriego. Y supongo que lo soy.

Lo era.

Charlie me quería anoche, de eso no hay duda, pero definitivamente me dio la impresión de que se trataría solamente de un rollo de una noche. Una aventura. Solo diversión, como resultado de que me presenté en el momento perfecto en su noche de cumpleaños. Quiero decir, eso era lo que buscaba y lo que le ofrecí.

Probablemente se sorprenderá al descubrir que todavía sigo aquí, esperando en su cocina a que se despierte y huela el café que le estoy preparando.

Mi pierna se agita en temblores de arriba abajo como si fuera un adolescente cachondo e inquieto. He estado así desde anoche. No dormí más de media hora. El resto del tiempo me lo pasé mirando a mi hermosa humana, lo cual, estoy seguro, le habría parecido un poco espeluznante si se hubiera despertado.

Finalmente, escucho movimiento en el dormitorio. Se oye el agua corriendo en el váter. Un cepillo de dientes eléctrico funcionando. Luego Charlie camina hacia la cocina con los pies descalzos, con una de sus atrevidas camisetas y un par de bragas de color rosa intenso.

Tengo que tragarme el gruñido posesivo que me sube a la garganta.

Joder.

Voy a tener que mantener a mi lobo a raya si tengo alguna esperanza de conseguir una segunda cita con ella. Probablemente no le haría ninguna gracia que le soltara: *eres mía; debo poseerte y protegerte por el resto de mi vida o me convertiré en una bestia salvaje que necesita ser sacrificada.*

Efectivamente, me mira con extrañeza.

—Preparaste café, ¿eh?

Me encojo de hombros, esforzándome por parecer despreocupado mientras le sirvo una taza.

—Pensé que debería llevarte de vuelta a tu coche antes del trabajo.

—Buena observación. —Se sonroja como si se arrepintiera de lo de anoche.

Maldita sea.

—Genial. Sí, gracias. Es una buena idea. —Esconde su rostro en la taza de café, tomando un largo sorbo—. Así que, mmm, me ducharé. —Me mira de arriba abajo. O recuerda lo que se sintió al tener este cuerpo sobre el suyo anoche y quiere más.

—¿Necesitas ayuda? —Suena tan patético para mis oídos como temía. ¿Qué me pasa? ¿De repente he perdido todo el juego con las mujeres?

Pero Charlie no es un juego.

No quiero usar el encanto y sonsacarle otro interludio. Quiero una conexión real. Necesito que quiera más que una noche.

45

—Um, no, estoy bien. —Lo dice demasiado rápido.

Aplastantemente rápido.

Realmente no podría haber arruinado esto más.

Ella gira sobre su lindo talón descalzo y desaparece en el baño; yo me quedo con una erección de tamaño gigantesco que probablemente me matará. Estaré liberándome en la ducha en el momento en que llegue a casa.

Hablando de casa, voy a tener que explicarle a Rafe mi ausencia de anoche. Por supuesto, asumirá que fue mi yo habitual, el descuidado y mujeriego, rompiendo las reglas para meter mi polla en otra humana.

Me echará la bronca pero no será nada que no se espere de mí.

La pregunta es: ¿le hablo de Charlie? ¿Qué no es que me la haya follado, sino que es mi compañera?

No. Se siente demasiado privado y poco convincente. Es decir, ni siquiera sé si voy a tener una segunda cita con esta mujer, y reconocerlo se siente como una maldita emergencia nacional. Soy demasiado blando para aceptar la desaprobación de Rafe o una repetición de sus reglas sobre a quién puedo o no puedo follar.

Un gato negro me aúlla y salta sobre la encimera, con la cola erguida y las orejas hacia atrás. Huele el peligro.

—Oh, claro. Debes de ser Merlín. —Lo levanto por la nuca y lo sostengo a la altura de los ojos, emitiendo un gruñido de advertencia para mostrarle quién es el alfa aquí.

En el momento en que lo pongo de pie, se deja caer de lado y muestra su vientre en sumisión de una manera decididamente perruna.

—Gatito inteligente. —Acaricio sus suaves mejillas para recompensarle. Lo permite por unos momentos, luego vuelve a levantarse y se aleja trotando, aparentemente tranquilo conmigo ahora.

Cuando escucho el sonido de la ducha al cerrarse, tengo que esforzarme mucho para no imaginarme a Charlie saliendo de su baño, chorreando agua y desnuda, con ese cuerpo glorioso suplicando que lo vuelva a tomar.

No. Dudo que quiera una segunda ronda de momento.

De hecho, mi instinto me dice que no quiere nada conmigo, en absoluto, así que necesito dejar de pensar en follarla y comenzar a descubrir cómo conseguir una cita con ella.

Camino por su casa memorizando cada detalle. Hay una foto en su nevera de un joven uniformado, que debe de ser el hermano. Otro de toda su familia: los padres, Charlie y su hermano. Algunos cupones están pegados debajo de los imanes, y una tarjeta de un fontanero y otra del deshollinador.

Contemplo los muebles de Charlie, dedicándome un momento a saborear el recuerdo de Charlie desplegada en la mesa del comedor. Al igual que la mesa, todos sus muebles son robustos y prácticos. Bien hechos. No son caros, pero tampoco basura barata y desechable. Tiene una alfombra turca roja en la sala de estar y un sofá de cuero marrón con un juego de sillas orientadas hacia la chimenea kiva o la televisión.

La pintura interior es de color mostaza pálido, a excepción de una pared de color rojo ladrillo. La casa es de estilo suroeste pero sin exagerar. No hay un coyote con un pañuelo o una calavera con cuernos en la chimenea, pero hay un espejo enmarcado con alegres azulejos mexicanos y una colorida obra de arte.

Charlie aparece con su uniforme de trabajo, que no debería parecer sexy. Quiero decir, el Servicio Postal de los Estados Unidos no buscaba seducción cuando se diseñaron los uniformes azules, pero por alguna razón, tengo una erección por la forma en que la tela cae sobre sus tetas perfectas. Por el destello de la piel en su garganta. Su aroma a pino y melocotón que llena mis fosas nasales.

Me aclaro la garganta y me doy la vuelta para que no vea lo excitado que estoy al verla.

Enjuago mi taza de café en el fregadero y la pongo en el lavavajillas.

—Gracias. —Charlie me mira como si estuviera sorprendida de que esté lo suficientemente entrenado en tareas de la casa como para guardar mis propios platos.

—¿Estás lista? Es decir, no hay prisa.

—Estoy lista. —Coge su abrigo acolchado del gancho junto a la puerta y luego me entrega mi chaqueta de cuero. La colgué allí esta mañana cuando me levanté y la encontré en el suelo debajo de la mesa.

Me la pongo.

—¿Quieres conducir?

Ella niega con la cabeza.

Se acabó la diversión. Cualquier disposición que Charlie tuviera anoche para explorar y jugar conmigo, se ha ido. Ya no es su cumpleaños. El permiso que se dio a sí misma para darse el gusto ha pasado.

Trato de no dejar que el gruñido del lobo salga de mi garganta. No hay problema.

Tendré la segunda cita.

Es posible que tenga que esforzarme más para ello que para la primera vez.

* * *

Charlie

. . .

No hay nada peor que la mañana después de una aventura de una noche. Quiero decir, realmente no se supone que exista la parte del día después, ¿verdad? Se supone que la persona que se quedó a dormir debe escabullirse al amanecer, antes de que la otra se despierte. O, en el peor de los casos, hacer una loca carrera para agarrar su ropa y volar en el momento en que se ambos se den cuenta de dónde están.

No es un escenario donde quedarse y preparar café. Tampoco lo es viajar en la parte trasera de la Ducati de Lance hasta Arroyo Seco solo para recoger mi coche de camino al trabajo. Se siente mal. Irresponsable. Tonto. Definitivamente vergonzoso.

Literalmente estoy haciendo el viaje de la vergüenza en este momento. Anoche dejé que el playboy se metiera en mis pantalones y ahora todo el pueblo lo sabrá.

No es que a la gente de Taos le importe con quién me acueste. Es un pueblo pequeño, pero no es ese tipo de pueblo pequeño donde yo importe. Tal vez si ambos hubiéramos nacido y crecido aquí, alguien podría tomar nota, pero nadie se interesa en mi vida sexual, excepto yo. Y tal vez Adele, que me envió un mensaje anoche diciendo: *Al diablo con el plan.*

Bueno, me equivoqué en algo. Sin embargo, definitivamente no era el plan.

La idea de todo ese sexo me hace balancear las caderas sobre el asiento que vibra. Mis manos descansan ligeramente sobre las caderas de Lance. Se siente modesto, pero no quiero hacer contacto directo con esos abdominales de tabla de lavar sujetándome de su cintura. Le meto un dedo por la trabilla del cinturón, como si eso fuera a asegurarme si nos embisten.

A la luz del día, la Ducati parece una máquina extremadamente peligrosa. Por ejemplo, ¿dónde están los cinturones de seguridad? ¿Y en qué demonios estaba pensando mientras conducía esta bestia anoche? Y a pesar de toda esta velocidad y potencia, no se compara con el hombre que la conduce. Es realmente un espécimen de lo último en masculinidad. De cuerpo duro. De hablar suave. De sexo sobre ruedas.

Pero hoy no hay peligro de que vuelva a acostarme con él.

Fue bueno. Extremadamente talentoso para hacerme gozar, pero definitivamente no es mi tipo. No hay necesidad de volver a recorrer este camino.

Cuando llegamos al aparcamiento del restaurante donde mi Subaru todavía está aparcado, Lance se detiene junto a él.

Me desabrocho el casco, bajo y se lo entrego.

—Gracias por el viaje. Y por anoche.

—Definitivamente fue un placer. —Se apoya en un pie, balanceando la motocicleta bajo esos poderosos muslos. Intento ignorar lo bien que se ve con la chaqueta de cuero y la motocicleta debajo de él. Un chico malo al acecho—. ¿Quieres cenar conmigo alguna vez?

Vale. No esperaba que me invitara a salir. Pero tampoco esperaba que preparara café. Es un poco raro. Lance no me pareció un tipo dulce anoche. Ni mucho menos.

—Um, no, estoy bien. —Pongo una disculpa en mi expresión.

—Déjame adivinar, ¿no sales con militares?

Parpadeo sorprendida, luego me río, desarmada. Este tipo escribió el manual del encanto. Esa forma tan segura que tiene de ir directo al grano probablemente le lleve directo a las bragas de todas las chicas a las que excita.

—En realidad, tengo una regla en contra para ello. Sin

ánimo de ofenderte. Anoche fue muy divertido. Fue solo... no es algo que haga normalmente.

—Sí, lo entiendo. Las folladas de cumpleaños son divertidas. —Todavía no se va—. Supongo que aquí es donde me abstengo de pedir tu número.

—Um, sí. Lo siento.

No puedo culpar a un hombre por intentarlo. Es decir, esperaba que me pidiese mi número de teléfono para otra ronda de sexo. Pero la parte de la cita para cenar me sorprendió.

—Bueno, me gustas, Charlie. Quiero volver a verte, con la ropa puesta. Así que si cambias de opinión, házmelo saber. —Me entrega una tarjeta.

—Uh... Vale. Gracias. —Agito la tarjeta torpemente, luego retrocedo y me doy la vuelta para abrir la puerta de mi coche.

—Quiero decir, verte desnuda también es genial —me dice Lance a mi espalda.

Me doy la vuelta, sacudiendo la cabeza, con una sonrisa reacia en los labios. Ahí está ese playboy.

—Me gusta verte vestida o desnuda, de cualquier manera.

—Estoy segura de que sí. —Le lanzo una sonrisa mientras me subo a mi coche—. Nos vemos, por aquí.

Su sonrisa se apaga un poco. Estoy segura de que no está acostumbrado a fracasar. Se pone el casco, mirándome mientras arranco el coche y salgo.

Mientras conduzco de regreso al pueblo, niego con la cabeza, confundida. Fue extraño que intentara tener una segunda cita. Por lo general, los donjuanes no quieren volver al ataque tan pronto.

Pero no necesito darle a lo de anoche tanto espacio

mental. Fue un caso aislado. Por diversión. Por mi cumpleaños.

No volverá a suceder. No accedí a volver a ver a Lance. No le llamaré para esa cita ni para una ronda de sexo ni por ninguna otra razón.

Tengo un plan y me voy a atener a él.

Capítulo Cinco

Lance

—Muévete.

—¿Qué te ha pasado? —pregunta Channing mientras le doy un codazo para apartarlo de la nevera. Parece haberse instalado permanentemente allí con la puerta abierta, mirando la comida.

Me acerco a él y agarro tres paquetes de beicon sin molestarme en responder.

Admito que últimamente he estado de mal humor. La herida de haber sido rechazado por Charlie para una cita ha supurado toda la semana. Descarté mi recurrente idea de ir a concertar un encuentro *casual* con ella en el pueblo. Charlie es inteligente, no se lo creería, y no quiero parecer desesperado.

Que lo estoy, por cierto.

Esta mujer está bajo mi piel de una manera importante y perjudicial. No puedo dormir por la noche pensando en ella. Y liberarme cinco veces al día no hace nada para aliviar la creciente presión para volver a entrar en ella.

No podría haberlo arruinado más.

Abro los paquetes de beicon con los dientes y tiro el contenido de los tres en una sartén de hierro fundido.

—En serio, amigo. Has sido un imbécil toda la semana. Desde que... —Se detiene con una expresión de sorpresa en su rostro, como si pensara que ha atado cabos—. Ah...

Quiero matar a este tipo.

—¿Desde qué? —pregunta Rafe.

Joder. Ahora sí que voy a matar a Channing.

—¿Con quién dijiste que pasaste la noche la semana pasada? —pregunta Channing.

Rafe se cruza los brazos sobre el pecho, apoyando un hombro en el marco de la puerta de la cocina de nuestro antiguo albergue de esquí convertido en cuartel general.

—Creo que no nos lo has contado, ¿verdad? —Inclina la cabeza, su aguda mirada de alfa de repente se posa en mi rostro.

—Al diablo los dos. —Vaya. Ahora, básicamente, he reconocido que Charlie es la causa de mi destemplanza.

—No me lo creo. ¿Te ha dado el destino una patada en los huevos, Lance? —Channing se ríe.

Rafe se pone rígido, aunque su postura no cambia.

Me froto la nuca. Rafe se va a voltear, pero si Charlie realmente es mi compañera, y el hecho de que me brotaran colmillos y quisiera marcarla esa noche demuestra que lo es, entonces este asunto va a salir de todos modos.

Mi manada tendrá que sujetarme el cuello si me voy por las ramas.

Así que no intento mentir. En cambio, digo:

—No quiero hablar de eso.

—Oh, estamos hablando de eso. —De repente, Rafe se pone en movimiento, cruzando la cocina para acorralarme contra la estufa.

Channing sigue al alfa y toma mi otro lado.

No es mi intención, pero un gruñido sale de mi garganta, como si los dos estuvieran tratando de alejarme de mi compañera.

– ¿Me acabas de gruñir? —exige Rafe. No es solo mi hermano mayor, es el alfa de la manada, lo que significa que su dominio gobierna aquí.

—¿Quién es? —Channing quiere saber.

– Una amiga de Sadie —admito.

—¿*Qué amiga?* —La ferocidad en la voz de Rafe me hace preguntar si su interés en Adele, la de la tienda de chocolate, no se relaciona también con el destino. Pero Rafe nunca se aparearía.

—Charlie. La rubia. Nos enrollamos. Eso es todo. No le interesa volver a verme.

La mirada de Rafe se entrecierra.

—¿Pero te interesa a ti?

No tiene sentido mentir. Rafe lo olería de todos modos.

—Mi lobo salió —admito—. Quería reclamarla.

Rafe da un paso atrás y niega con la cabeza.

—Joder.

—Lo siento. Nunca tuve la intención de aparearme. Definitivamente no la estaba buscando. Quiero decir, ¡es una humana!

—El destino te dio una patada en las bolas. —Channing está jodidamente emocionado consigo mismo por haberlo descubierto.

—Cállate, idiota.

—¿Qué vas a hacer? —pregunta Rafe. Hay advertencia en su tono. Un indicio de peligro.

Me encojo de hombros.

—¿Qué puedo hacer? Tengo que convencerla de que me vuelva a ver. Cada día que pasa... se hace más difícil.

—Vaya. —Rafe se da la vuelta.

—Ni me lo digas.

—El pillo fue pillado. —Channing todavía está demasiado alegre.

—¿Pillado por Charlie? —gruño.

Su perfecta sonrisa de anuncio de pasta dental se ensancha aún más.

—Pillado por el destino, mamón.

—Realmente no sé por qué encuentras esto tan divertido.

—Yo tampoco. —Rafe me respalda, por una vez, enviándole a Channing una mirada sofocante. A mí me dice—: ¿Estás seguro? ¿Es tuya?

—Soy suyo —digo miserablemente. No me atrevo a decirle a mi alfa que me he reducido a acecharla en forma de lobo a lo largo de su ruta de correo todos los días solo para estar cerca de ella. Solo porque la necesidad de protegerla, de mantener a otros machos alejados de ella, es tan fuerte que me consume.

Rafe levanta las cejas.

—Bueno. Supongo que será mejor que averigües cómo conseguir esa cita. —Lo dice como si fuera una orden militar.

Me froto la mano por el pelo corto.

—Sí, señor.

Doy vuelta el beicon chisporroteante y abro un paquete de dos kilos de carne molida para acompañarlo. Necesito todo el combustible que pueda conseguir. Esta necesidad de aparearme con Charlie me está agotando.

Después de hacer una docena de hamburguesas con beicon, las llevo a mi estación de trabajo. He estado trabajando en el único ángulo que se me ocurrió para Charlie: su hermano Chad. Charlie está preocupada por él porque ha estado fuera de contacto. Eso sucede en el ejército, especialmente cuando los soldados están de gira. Eso no significa que esté necesariamente en más peligro de lo habitual.

Llamo al coronel Johnson, el oficial que formó nuestro equipo de Fuerzas Especiales de Cambiaformas. Siendo él mismo un león, literalmente olfateó a los metamorfos en el servicio y los invitó a formar parte de los equipos de élite de caminantes nocturnos. Puso en práctica nuestras habilidades de cambio — visión nocturna, fuerza, velocidad, curación espontánea—y, al ponernos solo con los de nuestra propia especie, se aseguró de que no tuviéramos que ocultar lo que éramos.

No todos los equipos de Fuerzas Especiales de Cambiaformas se agruparon por especies, pero nosotros los lobos sí, porque ya funcionamos bien como manada y seguimos a nuestro alfa implícitamente. Por supuesto, también significa que nuestra manada seguiría una orden de Rafe en lugar de una orden del coronel, pero ese era un riesgo que el coronel Johnson estaba dispuesto a correr.

El coronel Johnson contesta en el segundo timbre.

—Cabo, he localizado a su aviador.

—Genial.

—Está volando en combate en Siria, en ataques aéreos activos.

Maldigo por dentro.

—Tengo un favor que pedirle, es bastante grande.

—No puedo sacar a ese chico de ahí —dice inmediatamente el coronel Johnson.

—No es un favor tan grande.

—¿Qué necesita?

— ¿Hay alguna posibilidad de que pueda tener cinco minutos de videollamada con él?

—¿De qué se trata esto? —pregunta el coronel.

—Se trata de una mujer, coronel —respondo con la paciencia hecha añicos.

—No entiendo.

—Es el hermano de mi compañera. Está preocupada por él. Solo me gustaría darle la oportunidad de contactarse con él. ¿Puede conectarme?

El coronel Johnson suelta una risita baja.

—El destino le llegó, ¿verdad? Muchas mujeres van a llorar su pérdida en el campo de juego.

—Bueno, todavía no se concretó, así que agradecería este favor.

—Vaya. ¿Todavía no la ha reclamado? ¿Y es humana? Eso no es un buen augurio.

Te trago las ganas de mandarle a la mierda.

—No, señor.

—De acuerdo, cabo. Veré qué puedo hacer.

—Se lo debo. A lo grande.

—No me lo agradezca todavía. Solo dije que ya vería.

—Se lo agradezco, coronel.

Cuelgo y llevo mi plato vacío a la cocina, pensando en Charlie cuando lo pongo en el lavavajillas. Todo me hace pensar en Charlie.

Ella estará en su ruta ahora mismo.

Lo que significa... ahí es donde también tengo que estar.

Me escabullo por la puerta y me subo a mi moto para bajar la montaña. Una vez que me acerco al pueblo, escondo la moto, me quito la ropa y me transformo en mi animal.

* * *

Charlie

. . .

Salgo de la camioneta del correo y meto la correspondencia en los buzones de la esquina, luego me pongo la bolsa al hombro para caminar por el camino de tierra y entregar el resto.

Me pongo nerviosa porque últimamente he estado viendo un lobo en mi ruta de correo, un gran lobo gris con un manchón blanco en el morro. Es increíblemente enorme. Los lobos se ven tan lindos en los calendarios de *Save the Planet* que recibo por correo, los que tienen hermosas fotos de la vida silvestre, de arrecifes de coral y de elefantes bebés. Como soy una fanática de hacer donaciones para causas del tipo Salvar el Planeta, recibo gratis toneladas de este tipo de calendarios. Siempre aparece un lobo lindo y esponjoso cada uno o dos meses.

En la vida real, los lobos no son esponjosos. No son lindos. Son depredadores enormes, gráciles y súper mortales, y al verlos se activa la parte del cerebro que te dice: ¡Corre!

Sin embargo, todo lo que hago al ver al lobo es quedarme paralizada, con la bolsa de correo pegada a la cadera.

He visto al lobo tres veces esta semana, lo cual es francamente extraño, teniendo en cuenta que tienen un territorio enorme.

Esta vez, llevo tres cuartas partes del camino cuando lo veo. Me quedo paralizada con cuidado de no hacer contacto visual.

—Buen lobo —digo nerviosa. Mi capacitación como oficial de correo nunca incluyó qué hacer si me enfrentara a animales salvajes en peligro de extinción. Perros agresivos, sí. Ataque de ardillas, también. Gente descontenta. Lluvia, aguanieve y nieve.

Pero no lobos grandes. *¡Qué dientes tan grandes tienes!* Y ojos amarillos.

Joder, joder, joder. ¿Qué hago?

Bueno, vas a morir, me dice mi lóbulo frontal.

Repaso mis opciones:

1. Orinarme encima.

2. Huir y esperar que el lobo no me persiga, pero es demasiado esperar que no lo haga.

3. Echarme al suelo y hacerme la muerta.

Creo que la opción número uno es una certeza, sin importar lo que elija.

Voy por una cuarta opción.

—Lindo lobito. Buen lobo. —Me alejo sigilosamente.

Mantiene la distancia trotando a mi lado, pero a unos treinta metros de distancia. No parece estar persiguiéndome. Quiero decir, se acercaría a mí si lo hiciera, ¿verdad?

—Buen lobo —le digo de nuevo, lanzándole otra mirada. Se detiene y se sienta con un leve gemido.

¿Eh?

¿Podría ser el perro-lobo domesticado de alguien?

De ninguna manera. Este lobo es enorme.

Estoy tan ocupada preocupándome por el lobo que me olvido de mis pies y me tropiezo con una piedra suelta.

¡Ay!

Me caigo de bruces, sobre el vientre y las manos. La bolsa de correo derrama su contenido, pero esa no es la parte que me asusta. Es el lobo corriendo hacia mí.

—¡No! —grito y me pongo en pie. Lo último que tengo que hacer es tumbarme en el suelo y ofrecer mi cuello como una cabra en sacrificio. O un cordero. Lo que sea.

Sorprendentemente, el lobo se detiene, dejando diez metros entre nosotros. Baja la cabeza casi como una disculpa, luego se da la vuelta y se aleja trotando, mirando por encima del lomo un par de veces. ¿Qué diablos? En serio, ¿qué le pasa a ese lobo? Cuando desaparece detrás de un arbusto artemisa, dejo escapar un largo suspiro y doblo las piernas temblorosas para comenzar a recoger el correo esparcido por la tierra.

Ahora, tardíamente, recuerdo que tengo gas pimienta junto a mi bolso. Me ha servido de mucho antes. Bueno, si vuelve a suceder esto, estaré preparada.

* * *

Lance

Me detengo frente a la casa de Charlie a las nueve de la noche. Siento picazón y nerviosismo. Siento que necesito transformarme en mi animal y correr para eliminar el exceso de energía, pero lo acabo de hacer. Literalmente corrí toda la tarde, luego me duché y me cambié para venir aquí.

Todavía me duele recordar que Charlie se cayó de bruces hoy porque soy un gran imbécil. No quise asustarla, pero por supuesto que lo hice. Mi lobo es enorme y ella se sintió amenazada, lo cual es un recordatorio de que es una humana frágil y débil, que no sabe absolutamente nada de mi especie, y eso me afectó fuertemente.

Hizo que me preguntara si me he equivocado acerca de que sea mi compañera. Quiero decir, ¿por qué el destino elegiría a una humana para mí? No soy el alfa de mi manada, pero podría serlo. Sin duda, estaría a la cabeza de cualquier manada. Pero emparejar a un macho alfa con una humana no tiene sentido cuando nuestra especie ya está menguando.

Sin embargo, de pie frente a su puerta, todas mis dudas

se desvanecen. Su aroma persiste por todas partes, me eriza la piel, me calienta la sangre y la lleva *al sur*. Su efecto en mí es innegable.

Estoy dispuesto a derribar su puerta para llegar a ella, echármela al hombro y llevarla a la cama, al estilo de un hombre de las cavernas.

Lástima que eso no funcione. Entonces levanto el puño para llamar a la puerta. Charlie va a pensar que esta es una visita para otra ronda de sexo. ¿Aparecerme a las nueve de la noche? No se va a ver bien.

Si me hubiera dado su número de teléfono, podría haberle enviado un mensaje antes de venir. Por supuesto, tengo acceso a su número, ya que lo busqué y lo agendé en mi teléfono en el momento en que llegué a casa la mañana siguiente de su cumpleaños. Pero pensé que mandarle un mensajes sin su permiso no iba a ser mejor que presentarme, así que aquí estoy.

Golpeo la puerta con los nudillos, moviéndome con nerviosismo sobre los pies.

Cielos, nunca antes había estado tan nervioso por una mujer. Yo era el chico que tenía novias a los diez años. Literalmente *nací* para ese juego, mientras que a Rafe le tocó el gen de la seriedad. Yo conseguí el del jugador mujeriego.

No, eso no es cierto. No nacimos para estos roles. Rafe era un chico normal antes del asesinato de nuestros padres. Pero el trastorno de estrés postraumático le obligó a asumir el papel de alfa demasiado pronto y se cargó al mundo entero a sus hombros. Se negó a dejarme asumir cualquier responsabilidad, aparte de acatar lo que él ordenaba. Así que supongo que asumí a propósito el papel de playboy. Era eso o resentirme muchísimo con Rafe por tratarme como a un bebé.

Oigo a Charlie moviéndose dentro, mirando a través de la mirilla.

Levanto las palmas de las manos.

—No es una visita para ligar. Tengo una sorpresa para ti. —Mi respiración se detiene mientras permanece quieta por un momento. Cuando abre la puerta, mi corazón vuelve a latir.

—¿Puedo entrar? Te prometo que te va a gustar.

Charlie lleva una camiseta raída que abraza las tetas sin sujetador y un par de holgados pantalones de pijama que le caen por debajo de las caderas, lo que me da una vista de una franja de piel desnuda en su abdomen que me hace la boca agua. Cruza los brazos sobre sus pechos y ladea una cadera.

—¿Qué es?

—Por favor, no me hagas estropear la sorpresa. Juro que te alegrarás de haberme dejado entrar. —Sí, estoy literalmente reducido a suplicar. Mi humana no tiene ningún interés en mí. ¿Cómo puede ser?

Excepto que no es cierto. Veo sus pezones duros y rígidos asomando desde esa camiseta detrás de los brazos cruzados. Es una inyección de confianza, todo lo que necesito para encender mi encanto. Apoyo una mano en el marco dándole mi mejor sonrisa de pirata.

Charlie se inclina hacia mí. Ni siquiera creo que tenga la intención de hacerlo, pero es como si mi cuerpo llamara al suyo. Su cara se acerca a la mía y respiro su aroma a pino y melocotón. Mi erección crece. Mi lobo está a la vez apaciguado e indignado por estar tan cerca de ella. Los latidos de mi corazón se aceleran. Me arriesgo a tocarla, apartando un mechón de pelo claro de sus ojos.

—Vamos, no me dejes aquí.

La sonrisa de Charlie es reacia, pero agarra un puñado

de mi chaqueta de cuero y me tira hacia adentro de la casa, caminando hacia atrás de la manera más linda posible. Lo sé, caminar hacia atrás no está destinado a ser lindo, pero joder, en esta mujer, es increíblemente adorable. Observo sus pies descalzos. Sus uñas de los pies pintadas en rosa chicle y hago una nota mental para chupar cada uno de los dedos lo antes posible.

Finjo que me limpio la frente.

—Vaya. Me tuviste sudando la gota gorda durante un minuto y no tenemos mucho tiempo. Vamos. —La tomo de la mano y la llevo al sofá, donde me siento. Cuando duda, la cojo por la cintura y la pongo en mi regazo.

—¡Oh! —exclama, uno de sus lindos pies descalzos patea.

—¿Ves lo que pasa cuando no confías?

El aroma de su excitación florece mientras se retuerce en mis rodillas, agarrándose a mis hombros para estabilizarse.

Me muero por explorar esta posición más íntimamente, pero no hay tiempo. Además, se supone que debo demostrar que *no* estoy aquí para una aventura sexual.

Enciendo mi teléfono, abro el correo electrónico del coronel Johnson, luego hago clic en el enlace que me envió.

—¿Qué es esto?

—Espera, ángel. Está llegando. —El símbolo de carga gira en mi pantalla mientras espero la teleconferencia. A continuación, aparece una pantalla vacía.

Charlie me mira:

—Realmente no entiendo...

Aparece una imagen. Un joven guapo de aspecto cansado y con uniforme parpadea ante la pantalla.

—¿Charlie?

—¡Oh, Dios mío, Chad! —Charlie se tapa la boca con la

mano, me arrebata el teléfono de la mano y se levanta de mi regazo. Se da la vuelta para mirarme con exagerados ojos saltones.

—¿Está todo bien? ¿Qué está pasando allí? —Chad suena alarmado.

—¡Sí! ¡Todo está bien! Ni siquiera sé qué está pasando. Estaba preocupada por ti y... —Me lanza una mirada de disculpa—. Supongo que mi amigo arregló esto para mí. —Me da las *gracias* haciendo mímica, sin pronunciar la palabra.

Estaré haciendo un seguimiento para obtener más de su agradecimiento más adelante.

Toda la noche.

No, no. Eso está mal. No estoy aquí para mojarme la polla. He venido para *cortejar* a Charlie, como si tuviera alguna idea de lo que significa o cómo hacerlo. Si fuera una loba, sería muy fácil. Un olfateo y sabría que me pertenece. Podría armar un poco de alboroto al ser reclamada, hacerme trabajar un poco para ello, pero no habría duda de que prevalecería.

Pero con una humana, joder.

Ni siquiera sé cómo empezar a explicarle a Charlie lo que significa para mí. Cómo estoy *biológicamente* obligado a aparearme con ella, le guste o no. Quiero decir, por supuesto, haría que le gustara. Dedicaría mi vida a asegurarme de que mi mujer estuviera satisfecha en todos los sentidos.

Pero no sé cómo allanar mi camino. Pasar del punto A, después de una aventura de una noche al punto B, reclamándola como mi compañera de toda la vida, y se siente bastante desalentador en este momento.

Pero al menos lo he hecho bien hasta ahora. El rostro de Charlie brilla de emoción mientras interroga a su hermano.

—Yo tampoco puedo decirte eso, hermana —dice Chad cuando ella le pregunta dónde está—. Todo está clasificado, por eso no he estado en contacto. Y el sargento dice que solo tengo dos minutos antes de que tengan que terminar esta llamada, pero estoy muy contento de poder decirte *feliz cumpleaños* en tu cara.

—Sí, yo también. Verte es el mejor regalo de cumpleaños de mi vida. —Su cálida mirada se dirige hacia mí, haciendo que mi polla se ponga dura como una roca.

—Entonces, ¿quién fue el que organizó esto? —pregunta Chad.

Charlie se sonroja.

—Um, este amigo mío. —Me dirige otra mirada, esta vez con la curiosidad encendida—. Ni siquiera sé cómo lo consiguió. Es un exmiembro de las Fuerzas Especiales.

—Mmm, tiene la conexión interna. Suena como un pez gordo. ¿Qué clase de amigo es ese?

Charlie me da la espalda.

—No es asunto tuyo —dice secamente.

—Oh, ¿así que es así? —Su hermano se ríe.

—Se acabó el tiempo —ordena una voz ronca.

—Lo siento, hermana, tengo que irme. Dile a mamá y papá que los amo. Y a ti también.

—Yo también te amo. Cuídate, Chad.

—Sí, lo haré. Adiós.

Charlie se mantiene de espaldas a mí por un momento y me froto la nuca, preguntándome si debería irme. Cuando se da la vuelta, sus ojos brillan con lágrimas.

—Gracias —dice.

—Te dije que no te arrepentirías.

Ella niega con la cabeza.

—No, lo siento. Eso fue muy, muy amable de tu parte.

Me levanto del sofá, porque no parece que vaya a volver

a sentarse conmigo. Entro en su espacio, lentamente. Voy suficientemente cerca para ser sugerente, pero me mantengo lo bastante lejos para ser respetuoso. Extiendo la mano y la apoyo ligeramente en la curva de su cadera, saboreando la sensación de esa franja de piel desnuda bajo la palma.

—De nada.

—¿Cómo lo hiciste? ¿De verdad estás tan bien conectado?

Me encojo de hombros.

—Conseguir una llamada de cinco minutos no fue tan difícil. Traerle de allí lo sería.

El rostro de Charlie se nubla y me reprendo por arruinarle el estado de ánimo, pero no es justo no ser honesto con ella.

—¿Así que está en una zona peligrosa? Supuse que debía serlo si no podía decirme nada.

—Yo tampoco puedo decírtelo, pero sí. Está en el meollo de la cuestión ahora mismo.

Su rostro se ensombrece.

—Sabía que tenía que ser algo así.

Quiero decirle algo así como *estará bien*, pero la verdad es que no lo sé. Es humano, como ella. Sus vidas son muy frágiles.

—Lo siento, cariño. Vigilaré de cerca su unidad, ¿de acuerdo?

Charlie estudia mi rostro y luego suelta:

—¿Por qué?

Vacilo. Lance el playboy sabe exactamente cómo jugar a esto. Cómo convertirlo en una conversación cargada de sexo que me lleve al dormitorio y a mí a meterme bajo esos pantalones de pijama. Pero otra aventura de una noche no es mi objetivo.

—Te lo dije, me gustas, Charlie. —Le quito el teléfono de la mano y me lo guardo en el bolsillo trasero, luego me acerco para volver a tocarle la cintura. Bajo la cara, flotando a un centímetro por encima de la suya. Nuestras miradas se cruzan. Su respiración se entrecorta y se detiene.

Deslizo mi mano detrás de su cabeza para acunarla.

—A la mierda —dice Charlie, agarrando las solapas de mi chaqueta y levantándose sobre los dedos de los pies para besarme.

Por un momento glorioso, le devuelvo el beso y mi boca desciende a la suya, bebiendo de sus labios. Mi lengua se desliza en su boca con un pulso lento, sensual. No es un beso practicado. Me olvido de toda delicadeza. Tampoco es el dominante y reivindicativo que mi lobo quiere que sea. No, estoy totalmente presente, viviendo el momento, saboreándola, siguiendo su hermoso ritmo. Viendo a dónde nos lleva. Sus suaves pechos rozan mi pecho, su aroma se sube a mi nariz.

Y luego *registro* sus palabras previas.

Me aparto.

—Espera un segundo, cariño. ¿Qué significa *a la mierda*?

Las pupilas de Charlie se agrandan, sus mejillas se ruborizan y se frota los labios hinchados.

—Quiero decir... Una ronda más de sexo no puede hacer daño, ¿verdad?

Joder.

Me obligo a poner un poco de distancia entre nosotros para poder respirar. Y pensar.

—Vamos, cariño. Sé que soy fácil, pero esta vez quiero cenar primero.

Algo de atención vuelve a sus ojos.

—¿Qué? —Esos dulces pezones me saludan a través de

la delgada camiseta azul con un arco iris descolorido en sus tetas. No puedo resistir la tentación de estirar la mano y acariciar ligeramente uno con la yema del pulgar.

Me recompensa con el aroma de su excitación.

Le suelto mi sonrisa más encantadora.

—Me has oído, Charlie.

—Lance... —Puedo entrever su indecisión. No quiere, pero piensa que probablemente me deba la cena ahora. Sé que soy un imbécil por aprovecharme de esto, pero no me atrevo a dejarla ir. Si cedo y tengo sexo con ella esta noche, tengo la posibilidad de que me descarte después una buena follada.

Quiero, *necesito*, mucho más que sexo. Joder, necesito todo de ella. Toda su vida, su futuro, su existencia.

O es eso o me enfrentaré a la muerte.

—Supongo que te la debo —dice.

Mi sonrisa se ensancha. Las yemas de mis dedos se amoldan ligeramente alrededor del costado de sus costillas, donde mi pulgar aún puede alcanzar un pezón. Sin embargo, no lo vuelvo a tocar. Simplemente flota por allí, lista para atacar.

—Sí.

Me mira el pulgar quieto.

—¿Así que me vas a excitar y te vas a ir entonces?

—Es una buena jugada, ¿no?

Eso le provoca una carcajada.

—Más o menos.

—Te diré una cosa. Me quedaré y te daré lo que necesites, si me prometes que después vamos a cenar.

Su vacilación me cuesta océanos de amor propio. Para empeorar las cosas, si me rechaza, estoy seguro de que moriré por esta erección. Así que hago lo que se me da bien, tal como acercarme y tocarle la cintura. Deslizo ambas palmas por el interior de su camiseta a lo largo de sus costillas y toco ambos pezones desde el interior. Mantengo ligero el contacto, solo como una provocación superficial, suficiente para volverla loca y lograr que busque más.

Funciona.

—Bien —dice, alcanza mi chaqueta y me la quita por los brazos. La dejo caer al suelo y me saco la camiseta con una mano por encima de la nuca.

Las manos de Charlie ya vagan por mis abdominales. Su repentina aceptación provoca que pierda todos los estribos y me pongo más rudo de lo que pretendía al tomar un puñado de su cabello para acercar su cara a la mía. Mi beso es un asalto, abrasador, demandante. Tan jodidamente necesitado. Le chupo la lengua, le muerdo los labios. Charlie me araña los hombros, sus piernas intentan treparme.

La obligo a retroceder rápidamente hasta que golpea la pared y luego mi mano se sumerge en sus pantalones de pijama para palmear su dulce coño. No lleva bragas y está empapada para mí.

—Lance.

Me encanta la expresión sin aliento.

—Soy yo, nena. Sigue diciendo mi nombre.

—Eres tan cursi —se queja, pero su voz es demasiado ronca para que lo tome como un insulto.

—¿Quieres que me calle? —Introduzco un dedo en ella mientras mi boca se arrastra a lo largo de su mandíbula. Luego le muerdo la oreja.

Charlie gime, los músculos internos de su sexo se aprietan alrededor de mi dedo.

—Yo... yo no dije eso.

Saco el dedo y luego la follo con dos. Mi palma presiona el clítoris mientras deslizo los dedos a lo largo del canal.

—¿Te gusta hablar sucio, Charlie? —Saco ambos dedos y

le bajo los pantalones del pijama, dejándome caer en cuclillas frente a ella.

—Um...

—Quítate la camiseta, cariño. —Matizo mi voz con comando alfa. No a propósito, porque ella no es una loba, simplemente porque me sale así. Levanto una de sus rodillas y la pongo sobre mis bíceps para acceder a su coño.

Me obedece de inmediato, aunque yo no diría que mi hembra es obediente. Tal vez sea que el comando alfa también funcione un poco en humanos. O quizás solo le gusta un tipo que toma las riendas. Toda esa resistencia se debe a que tiene miedo de lo que pasaría si se deja llevar. Si otra persona se pone a cargo. Necesita mantener el control para pensar que está a salvo.

Le voy a mostrar que hay algo más. Mucho más.

—Sujétate los pechos. —La lamo y ella gime al contacto. Las manos caen sobre mis hombros. Aparto la lengua y le lanzo con una mirada severa—. Manos en tus pechos.

Respira hondo como si realmente sintiera mi mando alfa visceralmente, como lo hacemos nosotros, y entonces sus manos inmediatamente van a acariciar los pechos.

Sostengo su mirada.

—Juega con ellos. —Espero a que empiece a apretarlos. Su vientre se estremece al respirar antes de volver a deslizar mi lengua entre sus labios inferiores.

—Ahh... uhn.

Sus gemidos son deliciosos. También lo es el sabor ácido de ella. Recorro sus labios internos, luego la penetro con mi lengua, sujetando sus caderas contra la pared con una mano la otra apoyada para sostener su rodilla en alto. Lamo de arriba abajo la hendidura, arremolinándome alrededor del clítoris. Empiezo a perder la cabeza con su olor y lamo y chupo con desenfreno, más frenéticamente.

—Oh... ¡*Oh, Lance!* —Sus manos vuelven a agarrarme los hombros.

Levanto la cabeza.

—Uh... oh. —Le agarro las muñecas—. Te dije dónde quería estas manos.

Sus ojos verdes se abren de par en par, con sorpresa. La bajo al suelo, agarrándola por la cintura para guiar su caída. La hago girar y la coloco sobre sus rodillas.

—Ahora estás en problemas. —Hay una risa en mi voz. Le doy una ligera palmada en el trasero.

Charlie jadea y me mira por encima del hombro. Tiene los ojos obnubilados con una cualidad salvaje que no había visto antes.

—¿Te gusta esto?

—No lo sé.

Vuelvo a darle una nalgada con un poco más de firmeza.

—Estoy bastante seguro de que sí. —La miel de su excitación gotea. Deslizo un dedo por sus jugos y gime.

—Ponte sobre tus antebrazos, hermosa.

Cuando no se mueve, le doy una fuerte nalgada que la hace chillar.

—Oh,cielos. Esto es... una locura.

—Te encanta. —Presiono entre sus omóplatos para animarla a posicionarse en la alfombra y sigue mi guía—. Eso es, cariño. Ahora dime cómo quieres que te folle. —Abro mis vaqueros para liberar mi dura polla.

—Eres tan... rudo.

—Mmm, mm. No me respondiste cuando te pregunté si te gustaba. —Enfundo mi polla con un condón y arrastro la cabeza a lo largo de su hendidura.

—Me gusta —admite. Mi lobo da una voltereta de victoria.

—Bien. —Le agarro la cadera con una mano y la

presiono. Ella se empuja hacia atrás y me deslizo profundamente.

Charlie gime.

—Te sientes tan bien, Charlie.

—Oh, Dios mío.

La lleno y me retiro un poco, saboreando la forma en que su sexo resbaladizo aprieta mi polla con fuerza. Se me ocurre que esta era exactamente la escena que quería evitar. Embestir a Charlie por detrás en la alfombra del piso de su sala de estar no era el tipo de cita para conocerme que tenía en mente. Pero ya que estamos aquí, soy incapaz de detenerme. Necesito oírla gritar de placer. Necesito que llegue al clímax con mi polla tanto como mi próximo aliento. Satisfacer a mi hembra es un impulso que nunca desaparecerá. No es que quiera que desaparezca.

—Sí —respira Charlie.

—¿Te sientes bien, cariño? —No puedo evitarlo y empiezo a bombear más deprisa.

—Sí, sí. Muy bien.

Joder. Estoy perdido. Bombeo con fuerza, agarrándola de las caderas para mantenerla en su lugar.

—¡Oh, sí! —Parece sorprendida. Alarmada.

—¿Vas a liberarte con mi polla, Charlie? ¿La apretarás fuerte cuando te dispare como un cohete?

Ella gime.

—Mete la mano y frótate el clítoris —le digo, porque al parecer soy el Sr. Mandón cuando se trata de hacer que Charlie tenga un orgasmo.

Lleva la mano entre sus piernas, sus dedos rozan la base de mi polla, el lugar donde estamos unidos. En lugar de frotar el clítoris, pasa los dedos por la base de mi polla, dándome la sensación extra de sus dedos allí.

—¡Joder! —Maldigo por estar tan cerca. Apenas he durado quince minutos, y mi hembra aún no se ha liberado.

Extiendo la mano y agarro un puñado de su pelo corto, echándole la cabeza hacia atrás.

—Ven a por mí, Charlie. Ven por toda mi polla.

Su ágil espalda se arquea para adaptarse a la posición en la que la sostengo. Grita en protesta, pero milagrosamente, funciona. Los músculos de su sexo palpitan, se contraen. Me quedo en lo más profundo, manteniendo su cabeza cautiva hasta que llegue, y en el momento en que lo hace, me retiro.

—Ven aquí, cariño. No quiero magullarte las rodillas. —Le rodeo la cintura con el brazo y la ayudo a ponerse de pie. Manteniendo mi brazo firmemente alrededor de ella, la acompaño hasta el sofá y la doblo sobre el brazo de felpa.

—Abre esas piernas para mí.

Le abro las nalgas antes de que me obedezca, bebiendo la vista de sus partes más íntimas. Observo su pequeño ano apretado como un capullo de rosa y ese coño hinchado y chorreante.

—Tan hermoso —murmuro.

Separa más las piernas, girando la cabeza para mirar en mi dirección. Hay cierta conmoción en su expresión. Nadie la ha follado tan rudo antes, nunca.

No debería estar orgulloso de mí mismo pero puedo asegurar cuánto le encanta, a pesar de que está fuera de su zona de confort.

Presiono su entrada trasera con mi polla solo para provocarla. Ella jadea, echando una mano hacia atrás y corriendo una pierna de la posición.

—¿Demasiado pronto? —bromeo y vuelvo a meterme en su coño—. Voy a tomar esto la próxima vez, y te va a gustar.

—No hay próxima vez —me dice, rompiéndome el corazón.

Sin embargo, sigo adelante.

—Tenemos una cita —le recuerdo. Me obligo a entrar y salir de ella lentamente.

– Una cita *para cenar*. —Sería más creíble si no estuviera tan sin aliento. Si su garganta no sonara ronca de tanto gritar de placer mientras la follo.

—Ya veremos —le digo, a pesar de que el sexo después de la cita no es mi objetivo final. Mi objetivo final es conseguir otra cita. Y otra. Convencer a mi hermosa hembra de que no puede vivir sin mí.

Paso mi mano por debajo de sus caderas para encontrar su clítoris.

—¿Cómo te gusta tocarte, Charlie? —Froto la pequeña protuberancia con la yema del dedo.

—¡Oh! Sí.

—¿Así? ¿O más...? ¿De esta manera? —Voy más despacio y froto en círculos.

—Lance —jadea.

—Ajá —ronroneo. *Di mi nombre, hermosa.*

—Necesito más.

—¿Más aquí? —Froto un poco más—. ¿O más aquí? —Me meto en ella con una estocada profunda.

—Ahí. Te necesito. Más. —Suena desesperada a pesar de que casi ha llegado.

—Ay, nena. Te daré todo lo que necesites. Te lo prometo. —Apoyo una mano en el sofá y la penetro, con la visión nublada por el placer que se apodera de mí. Pero me acuerdo del suyo. Doy chasquidos en el clítoris, luego lo froto.

—¡Sí! ¡Sí! —grita.

Suelto un gruñido claramente lobuno, justo antes de

correrme como un tren de carga. Sus músculos se contraen cuando llega al clímax en perfecta sincronicidad conmigo. Saco mi mano de debajo de sus caderas y acaricio con la palma su espalda desnuda.

Hermosa, hermosa humana.

* * *

Charlie

Guau.

Simplemente guau. Es realmente difícil imaginar cómo alguien podría superar el sexo con Lance cuando nuestra química es fuera de serie. O... ¿Se debe a que su nivel de experiencia es fuera de serie?

Tengo que recordar que este tipo es un donjuán. No es el hombre estable y seguro con el que quiero sentar cabeza. Quiero un hombre más amable y gentil, con quien esté a salvo porque se quedará conmigo para siempre. Alguien como un maestro de escuela. Un veterinario dulce. Un dentista, inclusive.

Sin embargo, a mi cuerpo aparentemente no le importa el rechazo mental que siento por Lance. Mi cuerpo canta y ronronea de placer. Uno pensaría que un mujeriego como Lance me haría sentir lejos de la panacea sexual. Sin embargo, es todo lo contrario. Nunca me he sentido más sexy. Más excitada. Cuando pone ese tono mandón conmigo, me derrito como mantequilla.

Qué rico.

Qué mal que quiero volver a hacer esto con él. Pronto. Mal, muy mal.

Lance envuelve un brazo debajo de mis pechos para

levantarme antes de retirarse, luego se va a deshacerse del condón en el baño. Mientras, me las arreglo para ponerme de pie sobre mis piernas tambaleantes, levantar el pijama y volver a ponérmelo cuando regresa.

—Dame tu número, cariño. —Ahí está de nuevo ese tono mandón. Es engreído como el demonio. Lo encontraría molesto si no fuera por el hecho de que también se las arregla para prestarme atención. Algo que nunca esperé de alguien como él.

Como localizar a mi hermano.

Eso fue jodidamente *épico*.

Definitivamente se lo debo. Es curioso cómo hizo que el sexo se pareciera más como un favor para mí y la cita un favor para él. Es lo opuesto a como se supone que debe ser para un jugador, ¿verdad?

¿Qué es lo que no entiendo de Lance Lightfoot?

Me aparto el pelo de la cara.

—Sí. Está bien.

Me entrega su teléfono para que ponga mi número; mis dedos tiemblan ligeramente.

Lo recoge y se lo guarda en el bolsillo.

—Me voy del pueblo mañana, cariño, pero cuando vuelva, iremos a cenar.

Sus hoyuelos me saludan. Es tan encantador.

Oh. No debería decepcionarme tanto al saber que la cena no será pronto. No debería decepcionarme en absoluto.

—¿A dónde vas?

—Mm, eso es clasificado, cariño.

Frunzo el ceño.

—¿Vas a ir a una misión?

Asiente con la cabeza.

No sé por qué se me hace un nudo en la boca del estómago. Ni siquiera consideraba a Lance como candidato para el Gran Plan, pero odio que presumiblemente se encuentre en tanto peligro como mi hermano. Tipos como él son adictos a la adrenalina. Aquí un día, desaparecido al siguiente, como mis padres cuando era niña.

—Así que todavía estás en el meollo de la cuestión, ¿no? —Le miro. Ese temblor de ansiedad que sentía por Chad comienza ahora por él—. ¿Tus misiones son tan peligrosas como cuando estabas en el servicio? —Cuando Lance duda, yo veo la verdad—. ¿Son más peligrosas aún?

Se encoge de hombros.

—Digamos que cuando mi hermano decidió que nuestra unidad debía darse de baja, el gobierno aprovechó la oportunidad para usarnos de una manera que no podían hacerlo cuando estábamos en las fuerzas armadas.

La ansiedad se acrecienta más.

Lance parece notarlo, porque toca el lugar entre mis cejas donde debo estar frunciendo el ceño.

—No tienes que preocuparte por nosotros. Estamos especialmente equipados para este tipo de trabajo.

Trago saliva, no me gusta el sabor de esto.

—Creo que eso se llama insensibilidad ante el peligro.

Lance abre la boca, luego parece pensar mejor lo que va a decir. Se encoge de hombros.

—Algo así. —Se inclina y me da un beso en la sien—. ¿Estás bien? ¿Te satisfací o necesitas otra ronda?

Mi risa sale ronca.

—Definitivamente me has satisfecho.

—Hay más, cariño. —Me guiña un ojo, pero cuando hago una mueca, su sonrisa arrogante se apaga—. Sin embargo, también soy bueno para algo más que el sexo —dice.

No me cuadra del todo. ¿Por qué parece que Lance

busca novia? Definitivamente no me parece del tipo que siente cabeza.

—Una cita —dice—. Prométeme que dejarás de juzgarme con una cita. Entonces puedes volver a todas tus suposiciones sobre mí si quieres.

Mis labios se separan, una bocanada de aliento sale con sorpresa. Mi rostro se ruboriza.

—Lo siento. Estoy confundida acerca de lo que es esto.

Lance apoya su cadera en el brazo del sofá, luciendo más sexy de lo que un hombre tiene derecho.

—Está bien, ¿puedo ser totalmente honesto?

Cruzo los brazos sobre el pecho, defendiéndome del encanto y de lo que sea que vaya a soltarme ahora.

—Por favor, selo.

—La verdad es que siento que la he arruinado contigo..

La conmoción de su declaración hace que algo explote en mi pecho. Como un diente de león bajo un soplido.

—¿A qué te refieres?

—Quiero decir, te busqué por sexo, tienes razón. Pero luego me di cuenta. . —Se muerde el interior de la mejilla, mirando de reojo—. No sé, sentí que teníamos una conexión real y quise algo más que una aventura. Ojalá hubiera empezado de la manera correcta.

—Guau. No sé qué decir. —Me mordisqueo el labio. Es cierto que tenemos una conexión sorprendentemente fluida y súper sexual, pero lo atribuía al hecho de que él no era un candidato posible para mí. Simplemente no estoy segura de poder subirle a esa categoría. Es lo opuesto a lo que busco. Lo opuesto para mi plan, como hombre. Lance es todo lo que el Gran Plan señala para evitar. Probablemente sea tan adicto a la adrenalina, a la velocidad, al peligro como a las mujeres. Y se atreve a morir con cada misión riesgosa en la que se embarca.

—¿Qué opinas de liquidar impuestos?

Se encoge de hombros.

—No lo sé. Nunca lo hice. ¿Por qué?

—Nada en particular. —Este no es mi chico.

Pero no tengo el corazón para decírselo. Le debo una oportunidad. Iré a nuestra cita con la mente abierta.

—¿Solo dime que me darás una oportunidad? —Lance se mete ambas manos en los bolsillos, pareciendo de repente mucho menos arrogante que de costumbre.

Me inclino y le doy un beso en los labios.

—Absolutamente. Espero con ansias nuestra cita.

No es mentira.

Pasar tiempo con Lance no es difícil. Simplemente no quiero engañarle...

Capítulo Seis

Charlie

La tienda de chocolates de Adele es exquisita, de buen gusto, al igual que la propia Adele. Mi bella amiga está con uno de sus magníficos atuendos que luce tan bien: una blusa de seda y una falda tubo de lanilla gris, a la que agrega un delantal cuando cocina, pero por lo demás tiene un aspecto estupendo. Como si fuera la directora general de un banco suizo o de una empresa de moda o algo así.

En cambio, yo llevo una de mis camisetas, una sencilla y negra con una frase graciosa cubierta por un delantal rosa y blanco. Tengo los senos inflamados hoy y la camiseta se siente un poco apretada.

He venido como voluntaria a The Chocolatier para ayudar a Adele a prepararse para el ajetreo navideño. Tabitha también ha estado trabajando aquí regularmente, pero hoy tenía una exposición de joyería para visitar. Sin ella, la tienda está tranquila. Lo cual es bueno. Nos da a Adele y a mí tiempo para hablar entre clientes. La tensión que noté por primera vez en ella durante la cena de mi cumpleaños todavía la inquieta. Las ojeras son más profundas y su piel morena pálida está un poco menos brillante.

—Entonces, ¿qué es lo que realmente está pasando contigo? —Finalmente le digo cuando la tienda se vacía.

Adele levanta una ceja delgada, pero sigue reorganizando las bolsas especiales de pralinés.

—¿Y qué pasó con ese chico tuyo? ¿Aventura de una noche? —responde de vuelta.

Me muerdo el labio. Así es como va a ser. Ojo por ojo. Un intercambio equitativo de información.

—Nos enrollamos.

—¿Y no me lo dijiste? —Adele se endereza y se apoya en el mostrador—. ¿Cómo fue?

—Fue bueno. —Un rubor me sube por el cuello—. Muy bueno.

—Y no me lo dijiste, ¿por qué?

Me encojo de hombros.

—No quería darle mucha importancia. Me divertí. Y luego nos volvimos a ver.

—¿Perdón? —Adele se toma la oreja haciendo el gesto para que repita lo dicho—. ¿Acabas de decir que el señor Aventura de Una Noche quiso una segunda ronda?

—Lo sé, ¿verdad? —El calor del rubor llega a mis mejillas—. ¿Quién lo hubiera dicho?

—Tal vez la mujer adecuada lo haga cambiar su forma de ser. —Vuelve a los bombones, pero levanta la cabeza cuando me quedo callada.

—Um, sí, en realidad quiere volver a verme. Creo... Quiere más. Conmigo. No sé qué hacer.

—¿Y acabo de enterarme de esto? —Ahora las manos de Adele están en sus caderas. Estoy en problemas.

—¡Se suponía que iba a ser una aventura de una noche! —Dejo caer la cabeza sobre el mostrador—. No quería decírselo a nadie porque entonces se sentiría demasiado real.

—Pero él quiere más.

—Sí —gimo.

—¿Y tú no?

—Yo... No sé. El sexo fue increíble. Solo... No sé si puedo hacerlo, ¿sabes? Quiero decir, estoy en la edad en que necesito buscar un compañero de vida. Es probable que Lance ni siquiera sepa calcular impuestos.

Adele parpadea.

—Y eso importa, ¿por qué?

—No hay razón —murmuro—. Pensé que sería bueno casarme con alguien que también pudiera liquidar nuestros impuestos.

—Bueno, tal vez no sea tan malo —dice Adele lentamente—. ¿Le has preguntado su opinión sobre el cultivo de cactus? ¿O de ficus?

Cuando levanto la cabeza, percibo el fantasma de una sonrisa en su rostro.

—Te estás riendo de mí —refunfuño.

—Charlie, mi Mémère tenía un dicho: *Nosotros planeamos, Dios se ríe*. Sé que quieres que la vida se desarrolle de la manera que imaginaste, pero...

—Lo sé —digo—. Lo sé. Solo quería más estabilidad para mi vida. Sobre todo porque quiero tener hijos. —¿Cómo sería tener hijos con Lance? Inmediatamente me imagino a un grupo de niños corriendo en círculos a mi alrededor. *Olvídalo*, la lógica interviene. *Lance correría en la dirección opuesta a cualquier responsabilidad*—. Está bien —digo, dirigiéndome alrededor del mostrador para poder apilar bolsas de bombones en exhibición—. Es tu turno. Ya conté mi secreto, ahora tú dime el tuyo.

—Muy bien. —Adele suspira, aceptando mi brusco cambio de tema—. Es Bing.

—¿Tu socio? —Arrugo la nariz. Nunca conocí a Bing oficialmente, pero le he visto por ahí. Es un tipo particular de residente de Taos. No trabaja; vive de un fondo fiduciario de padres ricos, tiene tendencia a fumar marihuana y a usar camisetas de Bob Marley. No conozco muy bien a su tipo porque el aceite de pachulí, especialmente cuando se usa en lugar de desodorante, me hace llorar los ojos.

—Creo que retira dinero de nuestra cuenta —dice Adele—. Se suponía que tenía que pagar el alquiler la semana pasada. Este es el tercer mes consecutivo que tenía el dinero en la cuenta y desaparece, antes de que pueda pagarle al propietario.

—Oh, Dios mío. —La cabeza me da vueltas—. ¿Pudiste pagar el alquiler?

Esta es una propiedad inmobiliaria de primer nivel en Taos, justo en la principal calle turística, lo suficientemente cerca de la plaza como para que The Chocolatier cuente con tráfico peatonal. Adele no tiene que hacer mucha publicidad, pero este alquiler seguramente sea caro.

—Lo pagué. —Adele hace un gesto con la mano—. Tuve que sacar el dinero de mis propios ahorros. Y esta es la tercera vez.

Me siento un poco mal.

—Adele, Bing te está robando.

—Es su dinero también —dice a la defensiva—. Solía sacar dinero de la cuenta y decirme que era algún tipo de inversión para el negocio, pero ahora ha renunciado a toda pretensión. Y ni siquiera he podido ponerme en contacto con él.

—Lo siento mucho —le digo. Nunca me ha interesado tener

mi propio negocio, fuera de un proyecto en la jubilación; y siempre me ha impresionado el coraje de Adele. Es muy inteligente y trabaja muy duro—. ¿Qué puedo hacer para ayudarte?

—Ya me estás ayudando —dice Adele—. Pensé que a estas alturas podría contratar a algunas personas para que se ocuparan de administrar la tienda. Pero con el dinero que desaparece... —Sacude la cabeza enérgicamente—. Y Bing no es de ayuda.

—No. No parece que Bing sea una ayuda en absoluto. Todo lo contrario. —Quiero decir más, pero se me revuelven las tripas. Sadie o Tabitha sabrían exactamente qué decir: Sadie sería dulce y Tabitha haría planes para cazar a Bing y apostarlo en una colina de hormigas rojas hasta que prometa devolver el dinero.

Me llevo la mano al estómago y respiro profundamente para calmar las náuseas.

¿Cuáles son los próximos pasos para Adele? ¿Un abogado? ¿Y si no puede pagar uno? ¿Qué pasa si Bing le roba tanto que su negocio quiebra? La vida no será la misma en Taos sin The Chocolatier. ¿Y qué hará Adele?

Antes de que pueda decir nada, suena el timbre de la puerta y entra una cliente. Es una mujer delgada con el pelo rubio ceniza cuidadosamente peinado, tiene los ojos enrojecidos y el rímel corrido.

—Acabo de llegar de Santa Fe. Quiero uno de cada uno —anuncia la mujer, y se tapa la boca con una mano demasiado tarde para contener el sollozo. Se inclina y apoya la cabeza en el mostrador en una posición con la que estoy muy familiarizada.

—Oh, cariño —consuela Adele. Deja lo que está haciendo y se dirige a asistir a la mujer. Me quedo en el fondo, agarro una caja grande y empiezo a llenarla de bombones mientras me mantengo alerta para ayudar a Adele con cualquier cosa que necesite.

—Cuéntame todo. —Adele se pone en modo maternal. En cuestión de segundos, saca un platito de porcelana blanca y sirve algunas muestras en una blonda dorada.

La clienta solloza y Adele está lista para entregarle a la pobre mujer un pañuelo de tela.

—Él se acuesta con la niñera —se lamenta la mujer, secándose las lágrimas y el rímel corrido mientras Adele hace gestos de compasión—. Nunca me lo habría imaginado, pero Bárbara, con quien juego tenis, me lo dijo. Una bruja.

Adele asiente con la cabeza sin saber quién es la bruja: la niñera o Bárbara, la del tenis. Me hace señas para que consiga una segunda caja rosa y blanca. Cojo una y empiezo a llenarla con las trufas rellenas de crema.

—¿Cómo pudo hacerme esto? —grita la mujer—. ¡Acabo de operarme los pechos!

Después de media hora, la mujer ha dejado de llorar y ha comenzado a planear su venganza. Adele y yo la despedimos con tres bolsas llenas de cajas de bombones, trufas y pralinés, pero no antes de que Adele le haga prometer a la mujer que hablará con un abogado, antes de tirar al río los palos de golf del marido.

—«Hay que mantenerlas alejadas de los palos de golf de los maridos», me dijeron Tabitha y Sadie una vez durante un miércoles de lamentos. Pueden pasar cosas malas. No querrás que la policía llame a tu puerta, tratando de acusarte de cómplice de asesinato.

—Esto pasa mucho, ¿no? —murmuro, poniendo unas cuantas trufas blancas en lindas bolsitas de la marca Chocolatier.

—Más o menos, una vez a la semana —confirma Adele.

—Eres muy buena en esto.

—Me alegro de que mi título de psicología me venga bien —dice con una sonrisa irónica, y ambas nos reímos. Los padres de Adele querían que fuera psicóloga o algún tipo de médico, como ellos. Fue su Mémère quien le dio el capital inicial para abrir The Chocolatier. Si no recuerdo mal, Bing puso el resto y le pidió un favor a alguien para conseguirle una propiedad inmobiliaria de primera para alquilar.

El negocio no puede fallar. Se me hace un nudo en la garganta cuando se lo digo a Adele. Le doy un abrazo, que acepta, pero me mira de reojo cuando nos separamos.

—No creas que olvidé cómo cambiaste de tema antes. Quiero saber qué vas a hacer con Lance.

—Um, sí. Eso. —Jugueteo con un frasco de caramelos hasta que Adele se cruza los brazos sobre el pecho.

– Charlotte Louise... —Suena más maternal que mi madre.

—Bien —le digo—. Lo hablaré contigo, pero solo si puedo probar una trufa Earl Gray. Últimamente he tenido un antojo muy fuerte.

—Mmmhmm —tararea, pero agarra un segundo plato de porcelana blanca y una blonda dorada.

Un sonido en la parte trasera de la tienda nos deja inmóviles. La puerta se abre con un tintineo: la puerta del fondo. Miro a Adele con los ojos muy abiertos.

—Espera aquí —dice y corre hacia la parte de atrás. —¿Bing? —Su tono helado se traslada al frente de la tienda—. Tenemos que hablar. —Suena tranquila y profesional, pero corro hacia la puerta principal y la cierro de todos modos, volteando el letrero a *Regreso enseguida*.

Luego vuelvo corriendo para asegurarme de que Adele no asesine a su socio. Adele ya está allí, enfrentándose a un hombre de mediana edad. Bing, el socio comercial, tiene el pelo largo recogido en una cola de caballo y una camisa desteñida de Grateful Dead que apesta a marihuana. Típico del vividor de un fideicomiso.

—Christopher Eugene Ford —dice Adele, y la mirada del hombre se posa en sus Birkenstocks. Exhala un suspiro y se vuelve hacia mí para explicarme—: Su verdadero nombre es Chris. Pero cuando se mudó a Taos, se rebautizó a sí mismo como Bing.

Pongo los ojos en blanco. Solo en Taos. Tenemos muchos Jim y Brenda que se han rebautizado a sí mismos como Zen y Moonjuice.

—Hola, Adele. —El socio antes conocido como Christopher arrastra los pies. Parece un niño atrapado con la mano en el frasco de chocolate.

—¿Tienes algo para mí? —Adele cruza los brazos sobre su pecho—. ¿Algo como el dinero de los últimos tres meses de alquiler?

—Ah, eso. —Se frota la nuca—. Puedo hacértelo llegar. Solo necesito... Hay una inversión en la que me he metido y... —Se queda callado ante el golpeteo agudo del dedo del pie de Adele.

Contengo la respiración, lista para que ella le dé una paliza.

Pero sus hombros se desploman.

—Esto no puede seguir así, Chris —dice, agotada—. Si sigues sacando grandes sumas de la cuenta, perderemos el negocio.

Vuelvo a la entrada de la tienda antes de que pueda oír la respuesta de Bing-Chris. Ahora que estoy segura de que Adele no le matará, no quiero entrometerme en una conversación privada. Además, se siente mal ver a Adele tan derrotada.

Me muerdo el labio, preguntándome si debería decírselo

a Sadie y Tabitha. No quiero que Adele pase por esto sola, pero es asunto suyo.

Ojalá hubiera alguien neutral en quien pudiera confiar. Alguien que ofrezca un hombro fuerte en el que apoyarse, que se preocupe.

Es curioso cómo la primera persona que me viene a la mente es Lance.

Capítulo Siete

Santiago, Chile

L ance

—Lance, ¿puedes oírme? Necesito que digas algo. —La tensión en la voz de Rafe me hace abrir los ojos. No por el tono de alfa, sino porque presiento miedo. Una sensación que no soporto venir de nuestro alfa. Mi hermano. Solo escuché ese tono una vez y fue el peor día de nuestras vidas.

—Te escucho —logro jadear.

Esta misión en Chile se desmadró rápidamente. No fue como la de Suiza el mes pasado, donde estábamos en un reconocimiento y de repente nos descubrieron. Todavía no sabemos cómo sucedió, dónde estaba el topo; fue solo un caso de mala suerte. A veces las cosas salen mal.

Para esta misión, la CIA nos envió a robarle al traficante de armas Vincent Sarcero sus enormes reservas de dinero en efectivo. Básicamente, nuestro gobierno esperaba cortarle el chorro para impedir un gran acuerdo, tomando su capital.

Por qué no podemos matarle no nos fue revelado, pero le quieren vivo, solo que impotente.

Pasamos diez días explorando el lugar, llevando a cabo nuestro plan. Diez largos días en que estuve lejos de Charlie. Mi dulce mujer. La que aún no he reclamado. La que apenas accedió a una cita conmigo.

Entramos como si se tratara de un atraco y fuéramos ladrones de alto nivel. Trazamos un mapa del lugar, conocíamos su seguridad y teníamos un plan bien trazado. Sin problemas para el ingreso. El único problema fue que pensábamos que la caja fuerte tendría el dinero en efectivo. Nuestro plan era hacer estallar una bomba en el interior y reducirlo todo a cenizas.

Sin embargo, la información sobre el contenido de la caja fuerte fue errónea. No había dinero en efectivo, sino lingotes de oro. Así que tuvimos que modificar el plan sobre la marcha y sacar ese botín de allí. Sugerí que abortáramos la misión y nos reorganizáramos para regresar la noche siguiente con medios para transportar el oro. Rafe decidió que continuáramos y nuestra operación prevista para treinta minutos se convirtió en un asunto de toda la noche con repetidos viajes para sacar lingotes de oro de la mansión. Afortunadamente, somos fuertes y rápidos. Habíamos hecho los deberes en materia de seguridad. Los perros guardianes fueron sedados; las cámaras de seguridad, interceptadas y se les dio una señal falsa.

No obstante, a las cinco de la mañana, cuando cambiaba la guardia, alguien vio nuestro vehículo aparcado cerca de una pared para cargarlo con el botín. El lugar pasó de un silencio sepulcral a una zona de guerra en cuestión de sesenta segundos. Estaba en la sala de seguridad de la mansión, atrapado con los pantalones bajos cuando intentaba desvestirme.

Conté un par de docenas de balas de una semiautomática y me hice el muerto hasta que pude transformarme en mi animal e irme a la mierda.

El problema fue que la habitación no se despejaba. Más y más guardias seguían entrando. Iba a quedarme atrapado allí, desangrándome antes de que mi lobo pudiera iniciar la curación. Me moví, asustando a los hombres el tiempo suficiente para atravesar la puerta, pero recibí otra docena de balas en la espalda mientras huía de la escena.

Deke y Rafe vinieron a buscarme, y no tuvieron más remedio que matar a los hombres que me habían visto. No fue en absoluto el asunto sigiloso que se suponía que debía ser.

Ahora, nos alejamos en el camión, que se ha vuelto demasiado pesado por la carga de los lingotes de oro en los que estoy acostado, sangrando.

—Por el amor de Dios, ¿cuántas balas recibió? —Channing también parece presa del pánico.

Debo verme muy mal.

—Demasiadas. —Una vez más, es la agonía en la voz de Rafe la que me abre los ojos.

—No demasiadas —jadeo—. Solo dame un minuto.

—¿Por qué no puedes transformarte? —exige Rafe.

¿No puedo? ¿Por qué estoy en forma humana? Ni siquiera recuerdo haber vuelto a transformarme. Nos curamos más rápido en forma de lobo.

Intento cambiar a mi animal, pero Rafe tiene razón. No puedo.

—Ordénalo —murmuro.

—¿Crees que no lo intenté? *¡Transfórmate!*. —Rafe usa el comando alfa que debería desencadenar una respuesta biológica en mí para obedecerle de inmediato.

Apenas se registro la orden en mis células. De hecho, apenas registro mi cuerpo.

—¿Le dispararon en la cabeza? —La voz metálica de Deke proviene de una radio de comunicaciones. Debe de estar conduciendo el camión.

Alguien mueve mi cabeza como si la estuviera inspeccionando.

—Joder. —Es Channing.

—¿*Le dispararon ahí*? —Rafe se ahoga. El pánico en su tono una vez más vuelve a traer a la memoria el trauma de nuestra infancia. El sonido de la voz de nuestro padre cuando nos ordenó que transformarnos y correr para ocultarnos. El sonido de la voz de Rafe cuando volvimos y encontramos los cadáveres de nuestros padres.

—Sí. —Channing modula su voz para que suene más casual—. Pero la bala ya está saliendo, ¿ves?

—*Transfórmate*, hijo de puta —vuelve a ordenar Rafe.

Esta vez, mi cuerpo obedece y cambio a la forma de lobo. El olor de mi pelaje enmarañado de sangre ofende mi sensible nariz. Jadeo muy debilitado, pero volviendo a mi cuerpo. Siento el dolor, pero también la curación.

—¿Cómo está? —Deke grita.

—Se transformó en su animal. —Escucho el alivio en la voz aún estresada de Rafe.

—Muy bien. Ahora, ¿cómo coño vamos a deshacernos de este oro?

Rafe se queda en silencio durante un largo momento, luego ordena:

—Ve directamente al aeropuerto. Tomaremos un avión privado.

—¿Nos lo llevamos con nosotros? —Channing suena sorprendido.

—Necesito llevar a Lance a casa para que se cure. ¿Tienes alguna otra idea?

—Podríamos llevar el oro a algún lugar y enterrarlo.

—No quiero dejarlo en ningún lugar donde Sarcero pueda volver a tenerlo en sus manos. Y dudo que deje de buscarlo.

Joder. Eso significa que Sarcero sigue vivo. Esperaba que lo hubieran matado en el combate cuerpo a cuerpo.

—Tal vez podamos hacer que la Aduana de los Estados Unidos lo incaute. Muy públicamente, pero sin dar a conocer nuestros nombres. De esa manera, dejará de buscarlo. Puede que intente vengarse de nosotros, pero no pensará que todavía tenemos el oro.

—Buena idea, Channing, me gusta —dice Rafe.

No me gusta nada a mí. Ahora tengo que tener en cuenta a una mujer cuando pienso en un traficante de armas que utiliza todos los recursos que tiene para cazar a los hombres que cree que son sus ladrones. De hecho, ojalá hubiéramos ido a acabar con Sarcero. Dudo que a la CIA le hubiera importado, de cualquier manera. Probablemente fue decisión de Rafe que no nos mancháramos las manos con más sangre de la necesaria.

Creo que calculó mal.

* * *

Lance

Veinte horas más tarde aterrizamos en Taos. Nos detuvimos en Dallas para pasar por la aduana, donde el oro fue incautado; arreglado de antemano por la CIA y achacado públicamente a un cártel de droga.

Me quedé en forma de lobo durante todo el proceso, asustando a un par de agentes de aduanas y de la CIA, sorprendidos al descubrir que nuestro equipo usara un perro de guerra muy grande para olfatear drogas y dinero en efectivo para las operaciones. Al menos me habían lavado la sangre con una manguera antes de subir al avión.

Ahora que estamos de regreso, cambio a forma humana ya en mucho mejor forma que hace un día. Sobre todo cuando recuerdo que tengo una cita.

Me pongo un par de pantalones y una camiseta, busco mi teléfono para enviarle un mensaje a Charlie:

Estoy de vuelta en el país. ¿Cena esta noche?

Rafe entrecierra los ojos.

—¿A quién le mandas mensajes?

—No finjas que no sabes. —Me falta un poco mi buen humor habitual debido al dolor residual en casi todas las partes de mi cuerpo.

—No puedes verla —Rafe advierte.

Es mi alfa, lo que significa que decirle que se vaya a la mierda no será bien recibido. Aun así, quiero que se vaya a la mismísima mierda.

—Estoy bien. —Es mentira. Debe de ser la bala en la cabeza, o tal vez, la gran cantidad de balazos que recibí, pero mi recuperación ha sido más lenta de lo que me gustaría. Todavía se me corta la respiración y estoy débil y dolorido por todas partes.

—No lo estás —le espeta Rafe—. Y sabes que no puedes dejar que te vea así.

Levanto una ceja porque no es cierto. Si Charlie fuera un humano cualquiera, sería correcto. No podría dejar que fuera testigo de mi proceso de curación, pero Charlie es mi compañera. Planeo revelarle lo que soy tan pronto como sepa que no la ahuyentaré. Aun así, Rafe probablemente tenga razón. Esta no sería la forma en que elegiría decírselo.

Sin embargo, la idea de retrasar nuestra cita otro día me da ganas de romper este avión. Pero resulta que el punto es discutible cuando salimos de la aeronave. Charlie me envía un mensaje: *No me siento muy bien hoy del estómago. ¿Podemos esperar?*

Claro, le respondo, pero mi lobo gruñe ante la idea de que no se sienta bien. La necesidad inmediata de transformarme y correr directamente hacia ella me provoca detenerme y cerrar los ojos, respirando profundamente en mis pulmones aún en curación.

—¿Estás bien? —Deke me pone una mano gigantesca en el hombro.

—Sí. Mi compañera no se siente bien.

Joder. No quise llamarla así. Todavía no le he contado a los demás sobre Charlie. Deke baja las cejas de golpe.

—¿Y ahora qué?

Niego con la cabeza.

—Nada. No importa.

—Um. Dijiste *compañera*. ¿De quién coño hablas?

Aprieto los dientes.

—Todavía no me ha aceptado —murmuro.

—¿Quién es? —exige Deke, que ahora también atrae la atención de Channing. Al menos Rafe está terminando de arreglar las cosas con el piloto.

—Necesito que los dos cerréis la puta boca.

Channing cruza los brazos sobre sus pectorales de Hollywood.

—No nos moveremos hasta que lo digas.

—Es Charlie. —Miro a Deke, suplicándole algo, ni siquiera sé qué, pero tiene una pareja humana y espero que de alguna manera sepa cómo salvarme de la agonía que siento en este momento. Me muero porque no he reclamado a Charlie. Me muero porque no la he visto en diez días. Y me muero especialmente porque ahora me ha dicho que no se siente bien.

Mi necesidad de ir a ayudarla, de protegerla, está por encima de toda razón.

Los ojos de Deke se abren de par en par.

—¿Charlie, la amiga de Sadie? —pregunta.

—Sí. Nos enrollamos.

Los ojos de Deke se entrecierran con dudas.

—No sé por qué coño la llamaste *compañera* si es un rollo. Solo tú, idiota. ¿Estás seguro de que es tu compañera? Quiero decir...

Le gruño y le doy un puñetazo en la camiseta, a pesar de que no estoy en condiciones de pelear y nunca ganaría contra Deke, que es enorme.

—¿Crees que no lo sé? —Me le pongo cara a cara—. Lo arruiné de verdad. Ni siquiera reconocí a mi compañera hasta que la tuve desnuda y debajo de mí, y ahora no sé cómo cambiar su opinión.

La expresión de Deke se suaviza hasta convertirse en compasión.

—Ay, joder, Lance.

Asiento con la cabeza, miserable.

—Sí. Cuando mis dientes se alargaron para marcarla, finalmente descubrí por qué había estado tan ansioso por morderla.

—El coleccionista de mujeres finalmente consigue su merecido. —Channing se ríe.

Quiero darle un puñetazo en la cara.

—No hay nada gracioso en esta situación.

Channing disminuye su sonrisa.

—Correcto. Siento tu dolor, hombre.

—No —niego con la cabeza—, no lo sientes. No tienes ni puta idea.

—Vale, es cierto. —Channing todavía parece disfrutar muchísimo de esto.

—Bueno, estoy seguro de que todo saldrá bien —dice Deke, pero la duda se filtra en su voz—. Tal vez debieras conocerla mejor antes de volver a estar horizontal con ella.

—Sí, joder. —Bien. Sueno como un niño de cuarto grado. Esta hembra me hace perder todas las células cerebrales.

Cuando Rafe se acerca, recogemos nuestras maletas y salimos de la pista hasta el aparcamiento donde dejamos el Humvee.

—Déjame en algún lugar donde pueda transformarme en mi animal —le digo a Rafe cuando se ubica detrás del volante.

—¿Qué? ¿Por qué?

Cuando no contesto, se gira en su asiento para mirarme:

—No.

—Solo déjame salir.

Escucho cómo le rechinan los dientes y un gruñido se apodera de mi garganta esperando que Rafe realmente me eche la bronca, pero se calma.

—¿En serio, amigo? ¿Vas a acecharla en su ruta de correo otra vez?

—Vete a la mierda. —Definitivamente todavía soy un alumno de cuarto grado. No sabía que Rafe sabía que he estado acosando a Charlie.

—No dejes que nadie te vea, amigo. —Se detiene a un lado de la carretera donde puedo desaparecer entre la maleza de salvia—. La única razón por la que acepto es porque la forma de lobo te permitirá curarte rápidamente.

Debería darle las gracias, pero desde el asesinato de

nuestros padres, su preocupación por mí es sofocante. Es difícil ser el hermano menor y que él lleve todas las responsabilidades del mundo. Yo no tengo ninguna.

—Nos vemos. —Me transformo en lobo y corro. El animal está prácticamente frenético por captar el aroma de Charlie.

Capítulo Ocho

C*harlie*
     Me tiemblan las manos al tirar el contenido de la bolsa de plástico sobre la cama. Acabo de comprar todas las marcas de pruebas de embarazo que había en Walgreens. He estado mareada durante un par de días, pero no pensé nada al respecto, no hasta que vomité en mi ruta esta mañana y me di cuenta de que mi período también se retrasó.

Joder, joder, joder.

¡Estoy tomando la píldora! Se supone que esto no debe suceder. Quiero decir, yo estoy tomando la píldora y Lance usó condón. ¿Cuáles son las probabilidades de que el condón se salga *y* la píldora sea ineficaz? ¡Pocas, estoy segura!

Respiro hondo y exhalo. Las mariposas aletean en mi vientre. O tal vez sean náuseas matutinas.

Este no era el plan. Quedar accidentalmente embarazada de un playboy es lo opuesto al plan.

Puede que no sea un playboy, algo susurra debajo de la capa de pánico.

Parecía que Lance intentaba mostrarme otro lado de él antes de irse. Pero todavía no es estable. Es un agente de campo altamente peligroso. No es el tipo de padre que quería para un hijo.

Quería estar a salvo con alguien. Alguien predecible. Alguien a quien no le importaría conducir una minivan y calcular impuestos.

De acuerdo, me estoy adelantando. Probablemente sea solo un susto. Mi mente me acompaña y leo las instrucciones de todas las pruebas. A pesar de que se supone que hay que esperar a la primera micción de la mañana para obtener mejores resultados, llevo un test al baño ahora mismo y orino en él.

Luego espero.

Y aguanto la respiración.

Y espero un poco más.

Las lágrimas me nublan la visión. ¿Hay una segunda línea rosa que en la ventanita?

Oh, joder. ¿Lo es? ¡Dios mío!

Lo es. Totalmente.

¡Estoy embarazada! ¡No era así como quería que sucediera! ¡Este no es el estúpido plan!

Con las lágrimas que me corren por el rostro, levanto el teléfono y empiezo a buscar a Adele, ya que sabe que me enrollé con Lance, pero en su lugar me encuentro llamando a Sadie.

No sé por qué. Supongo que la llamo porque prácticamente vive en ese mismo complejo que Lance, debido a la cantidad de tiempo que pasa con Deke. Sadie le conoce tal vez mejor que yo. Puedo hablar con ella.

Cuando atiende, tengo que contener un sollozo.

—¿Sadie?

—Charlie ¿cómo has estado, amiga? No te he visto por aquí. —¿Hay reclamo en su voz?

—He estado... ocupada. Pero...

—¿Estás llorando?

—¿Qué? —Me limpio los ojos—. No. Por supuesto que no. —Tal vez piense que es una alergia o un resfriado o algo así.

—No suenas bien.

—Sí, necesito hablar. —Esto apesta. Decirlo en voz alta lo hace aún más real.

—Está bien —dice lentamente.

—Tengo un problema. ¿Conoces al amigo de Deke, el rubio precioso?

– ¿Te refieres a Lance? —Parece insegura.

—El que parece que podría liderar una banda de chicos —le digo, lo cual no es justo. Lance es un playboy, pero no hay nada de chico en él.

—Es un poco más musculoso que eso. —Me encanta cómo Sadie lo define. Ve lo mejor de las personas.

—Vale, entonces, una *remake* de Baywatch.

—Te lo concedo. —Sadie se ríe—. Lance tiene una vibra de surfista. ¿Qué pasa con él?

—Podríamos habernos enganchado.

—Vaya. Dios mío. ¿Tú y él?

Contengo un sollozo a medias, una risa a medias.

—Sí. Lo sé. Fue por capricho.

—Bien por ti. Quiero decir, fue bueno, ¿verdad?

—Mejor que bueno.

—Me alegro. Entonces, ¿cuál es el problema?

Ah, cielos. Ahora tengo que explicarle.

—Se suponía que iba a ser una aventura de una sola vez.

—Está bien.

—A pesar de que realmente la pasamos muy bien juntos.

—Está bien... —Sadie parece que quiere que vaya al grano, pero es demasiado educada para decirlo.

—Y ahora tengo un problema. —Trago saliva a pesar de la roca que siento en la garganta antes de susurrar las palabras—: Estoy embarazada.

Hay una pausa.

—¿Lo estás? ¡Dios mío, Charlie! ¡Me alegro por ti!

Oh, Dios mío. Es por eso que Adele había sido mi primera opción para una llamada telefónica. Sadie ve lo mejor de cada situación.

—Espera, ¿es Lance el padre? —Se queda sin aliento—. ¿Lance Lightfoot? ¿Lance el amigo de Deke? —Como si hubiera más de un Lance que conocemos en Taos.

—Sí. ¿Puedes creerlo? Quiero decir, el tipo es un mujeriego, ¿verdad? —Continúo con prisa—. Pero era mi cumpleaños, y él es tan sexy y persuasivo, que pensé que no estaría de más que me divirtiera para variar, ¿sabes? Solo diversión. Pero el condón se rompió y supongo que la píldora tampoco funcionó, ¡y ahora estoy embarazada!

—Vaya. Oh, lo siento, nena. —Su voz se suaviza—. Lo que quieras, lo que sea que sientas, estoy aquí para ti.

Me río a carcajadas.

—No lo sé. Supongo que voy a tener un bebé. —Tal vez si lo digo en voz alta, pueda creérmelo—. No era exactamente parte de mi plan de vida.

—Todavía no he tenido hijos, pero he escuchado a muchas madres decir que que no puedes controlarlo todo. No puedes elegir cuándo te quedas embarazada, ni el género, ni cuándo nacerá. Tienes que rendirte.

Sadie es tan dulce. Todo tiene sentido, pero ni siquiera

he pasado del punto de creer que he quedado embarazada. Pensar en el resto de la maternidad escapa más allá de mí.

—Entonces... ¿Y Lance? ¿Cuándo se lo vas a decir?

—No lo sé. Esa es la cuestión. Lance no es exactamente el tipo con el que tenía en mente criar niños.

—¿Por qué no? —No hay acusación en la voz de Sadie, aunque suena perpleja.

—Bueno, lo del donjuán para empezar. Y también... —Me interrumpo porque no quiero trasladarle mi preocupación a Sadie. Ya está muy metida con Deke. No me sorprendería que se casaran y tuvieran hijos.

—¿Y qué?

—Bueno, están en un negocio peligroso. No es realmente lo que quiero para mi familia. Crecí preocupándome por mis padres, que no volvieran a casa después de sus períodos de servicio. Ahora me preocupo por mi hermano. No quiero tener que preocuparme por mi mar... —Me detengo, porque *mi marido* y *Lance* ni siquiera parecen ir juntos—. Quiero decir, ni siquiera somos pareja. Pero seremos padres, supongo. No quiero tener que preocuparme de que el papá de mi hijo no regrese a casa de una misión.

—Escucha, Charlie —dice Sadie con compasión en sus palabras—. Hay muchas cosas que no sabes de Lance, pero debería ser él quien te lo diga. Tienes que hablar con él de inmediato.

—Sí, lo sé...

No es una conversación que esté ni remotamente preparada para afrontar.

—Soy terrible para guardar noticias emocionantes, así que tienes que decírselo de inmediato o estallaré.

Me doy una palmada en la frente.

—Sadie, por favor. No le digas nada a nadie. Ni siquiera a Deke.

—Um...—Parece culpable.

—¿Está ahí?

—Sí, y tiene muy buen oído.

Maldita sea.

—Solo habla con Lance. De inmediato, ¿de acuerdo?

Mi estómago tiembla de ansiedad.

—Sí, está bien. Lo haré. Gracias, Sadie.

Termino la llamada mirando al vacío.

Hay muchas cosas que no sabes sobre Lance, pero debería ser él quien te lo diga. ¿Qué significa eso? No era lo que esperaba obtener de la conversación. No estoy segura de lo que esperaba: ¿que Sadie supiera de alguna manera lo único que haría que todo esto funcionara?

Imposible.

Las cosas no están del todo bien.

Pero tendré que trabajar con lo que tengo.

Me sobresalto cuando alguien llama a la puerta de mi casa. ¿Sadie ya convocó una reunión de emergencia de los miércoles de lamentos?

No, sería demasiado pronto.

Oh, Dios, no estoy preparada para compañía.

Voy a la puerta y la abro de par en par, lista para decirle a quien esté allí que ahora no es un buen momento.

Pero cuando lo hago, no sale ningún sonido de mi boca abierta.

Lance está allí, apoyado en el marco de la puerta con el ceño fruncido.

* * *

Lance

El nuevo aroma de Charlie me estremece, me deja boquiabierto como un maremoto. Lo capté hoy en el viento cuando la seguía. Ha cambiado.

Ella ha cambiado. Tiene los pechos hinchados. El rostro surcado de lágrimas.

Joder.

Mi hembra está embarazada y no quiere estarlo.

La miseria me invade, espesa y caliente.

Me presento en la puerta de su casa, pero las palabras no me salen.

—Lance. —Suena sin aliento, sorprendida.

—Oye.

Oye, ¿En serio? ¿Es todo lo que se me ocurre decir?

No retrocede para invitarme a entrar, a pesar de que el aire frío invade su casa, haciendo que sus pezones sobresalgan debajo de la camiseta de manga larga.

—No quiero molestarte, pero, ah, quería asegurarme de que estuvieras bien.

Traga saliva.

—Ummm. No, la verdad es que no. Pero resulta que no fue una gripe estomacal, estoy embarazada —espeta.

Agacho la cabeza ante las lágrimas que escucho en su voz.

—Lo sé —digo en voz baja.

—¿Lo sabes? —Ladea la cabeza.

Asiento con la cabeza.

—Sí, lo olí en ti. ¿Puedo entrar? Hay algo que necesitas saber sobre ese bebé que esperas.

Los ojos verdes de Charlie se abren de par en par.

Esta no era la forma en que quería decírselo. *Tu bebé no es humano* es lo último que se le quiere decir a la madre. Menos cuando la *mamá del bebé* no es tu pareja. *Compañera* es el único término aceptable.

Maldita sea.

—Está bien —dice Charlie, con la paranoia tiñéndole la voz.

Bien. Ya la estoy asustando.

Entro en el recibidor y me quito la chaqueta de cuero.

—¿Dijiste que *lo oliste*? —Suena incrédula.

—Sí. —Respiro hondo, las palabras aún me fallan—. ¿Recuerdas a ese lobo que has estado viendo en tu ruta?

—¿Qué? ¿Cómo te enteraste? —Charlie da pasos hacia atrás, completamente confundida.

Levanto la palma de la mano, mirándola.

—Ese era yo.

Deja de respirar y estiro la mano para cogerle las dos suyas, temiendo que se desmaye.

—Lo siento mucho. No es así como planeaba decírtelo.

Me mira fijamente con esos ojos verdes claros.

—Um... Yo... ¿qué? —Tiene las manos húmedas e intenta apartarlas de las mías.

—Soy un lobo, un metamorfo. No es una enfermedad, somos una especie. Así que tu bebé, nuestro bebé, será medio cambiaformas.

Charlie comienza a reír histéricamente.

—Oh, Dios mío. —Más risas.

Le suelto las manos y ella se tambalea hacia atrás, tapándose la boca.

—¿De qué estás hablando? El lobo... —Se queda quieta, dejando caer las manos, mirándome como si acabara de entender—. ¿Eres el lobo de mi ruta?

Asiento con la cabeza.

—Escucha, Charlie. ¿Recuerdas que te dije que empecé mal las cosas contigo?

—Oh, ya hemos comenzado mal, Lance. —Charlie lanza ambas manos al aire, se da la vuelta y se aleja.

—Sí, lo sé. Mira, sucedió que no capté completamente tu olor en las aguas termales. Aunque no es excusa. —Joder. Ni siquiera tiene sentido, y Charlie ya está enloqueciendo —. Esto es lo que quiero decirte. Espera. ¿Podemos sentarnos? Ven aquí. —Agarro a Charlie por la cintura para levantarla y sentarla en su robusta mesa de comedor. Mis manos descansan ligeramente sobre sus caderas. Solo necesito tocarla, tenerla cerca. Sé que no parece quererlo, pero mi lobo está frenético.

Ella tiene los ojos aún más abiertos que antes.

—Vaya. Así que eres muy fuerte.

No era lo que intenté demostrarle. Niego con la cabeza.

—Lo siento. No quiero asustarte.

—Temor no es la emoción que siento. Tengo pánico. Estoy histérica. Fuera de mí... todo eso junto.

Aun así, capto el olor de su excitación.¿Qué? ¿Se ha excitado? La noto angustiada, confundida, pero... al parecer, todavía le gusto. Tomándolo como una señal de que su cuerpo me reconoce como su compañero, incluso si aún no lo sabe, me acerco y me coloco entre sus rodillas abiertas. Lleva un par de leotardos grises desteñidos que muestran sus piernas tonificadas.

Le rozo la mejilla con el dorso de los dedos.

—Sé que piensas que soy un donjuán. Probablemente creas que no sirvo para padre de nuestro bebé.

—Nuestro bebé *lobo*. —Su tono definitivamente sugiere que piensa que está loca.

—Lobezno, sí.

Ella parpadea.

—De todos modos, no te equivocas, yo era un donjuán. Ese era yo, totalmente. Pero lo que debes saber es que los lobos se aparean de por vida. Tenemos una pareja a la que conocemos por instinto, y una vez que la encontramos, nunca nos vamos. Haremos cualquier cosa para proteger y mantener a nuestro compañera. Para mantenerla satisfecha y hacerla feliz.

La cara de Charlie muestra su evidente incredulidad por lo que le digo.

—¿Recuerdas cuando te dije que la arruiné contigo?

Ella asiente.

—Soy un imbécil, no me di cuenta de que eras mi compañera hasta que estuve en lo más profundo de ti. —Muevo la cabeza—. Honestamente, nunca esperé encontrar a mi pareja. Es una posibilidad bastante lejana encontrar a tu verdadera pareja, y no pensé que sería una humana. —Deslizo las manos de arriba abajo por la parte externa de sus muslos—. Lo que intento decir, con gran esfuerzo, es que *eres* mi compañera, Charlie. Embarazada o no, no hay forma de que te deshagas de mí.

Sus tersos labios se abren y me mira fijamente a los ojos, casi como hipnotizada.

—Lance... No puedo digerir esto.

—Obviamente, no es así como pretendía decírtelo. Quiero decir, te iba a invitar a esa cena.

Su risa histérica vuelve a brotar.

—Correcto. Nuestra cita. —La parte inferior de sus piernas gira detrás de mi y me acerca más—. Esto es muy raro. —Sus brazos se ciernen alrededor de mi cuello. La envuelvo en los míos y la abrazo.

—Por favor, dame una oportunidad, Charlie. Quiero ser tu hombre en todos los sentidos: un padre para nuestro cachorro, el tipo que te haga gritar de placer, con quien siempre puedes contar.

Levanta su mejilla de mi pecho.

—¿Voy a tener un lobezno? —Ahora hay cierta diversión en su tono. O tal vez sea alegría.

Sonrío tímidamente.

—Medio metamorfo. No lo sabremos hasta la pubertad si realmente puede transformarse o no.

Charlie de repente jadea.

—¿Deke también es un hombre lobo?

Asiento con la cabeza.

—Entonces es lo que Sadie quiso decirme, cuando me dijo que hay muchas cosas que no sé de ti.

Dejo escapar una risita triste.

—Probablemente, sí. ¿Lo sabe?

Charlie asiente.

—Entonces, ¿qué significa esto? ¿Será diferente el embarazo?

Me paso los dedos por el pelo. He pasado la noche investigándolo.

—No lo creo. Puedes seguir adelante con la atención ginecológica normal. No deberían detectar nada diferente en nuestro bebé porque está en su forma humana. En todo caso, será un embarazo más seguro que la mayoría, porque mi especie tiene propiedades curativas regenerativas.

Charlie se incorpora un poco con las palmas de las manos acariciando mis pectorales.

—¿En serio?

Mi polla asoma de inmediato. ¿Hay un ronroneo en su voz?

—Ajá.

—¿Y tú eres más fuerte?

Definitivamente un ronroneo.

—Fuerza de metamorfoe. Sí. Buena resistencia, también. —Le guiño un ojo.

Ella sonríe.

—Esto es una locura.

—Estoy loco por ti.

Charlie niega con la cabeza, pero sigue sonriendo.

—Ni siquiera me conoces.

Me pongo serio:

—Quiero conocerte, Charlie. Tengo muchas ganas. ¿Me lo permites?

—Por supuesto —cede con los hombros caídos—. Ya sea que nos convirtamos en algo o no, tú eres el padre de este niño.

Ya sea que nos convirtamos en algo o no.

Todavía se resiste a mí. Necesito averiguar cuáles son sus objeciones y desglosarlas.

Paso el dorso de mis dedos ligeramente por la parte delantera de su cuello.

—¿Sigues sintiéndote mal?

Nuestras miradas se cruzan. Sacude la cabeza lentamente.

—Por el momento no. —Su voz es ronca.

—¿Puedo hacerte sentir bien? ¿Ayudarte a liberar un poco de estrés?

Me desabotona los vaqueros.

—¿Con esto? —Mete la mano y aprieta mi polla endurecida.

Un estremecimiento de placer recorre todo mi cuerpo.

—Sí —me ahogo.

—¿Puedo ver a tu lobo primero?

—Cualquier cosa por ti, cariño. Pero ¿por qué?

—Solo quiero verlo de cerca.

Le acaricio la mejilla.

—Lamento haberte asustado esa vez. Nunca debí permitir que me vieras.

—Oh, te vi muchas veces— se jacta—. Jugaba a ver al lobo en mi ruta todos los días.

Sonrío.

—No podía mantenerme alejado. —Me quito la camisa, olvidándome de mis heridas, y ella jadea.

—¡Lance! Oh, Dios mío.

—No, no, no, no. —Hago un gesto con las manos—. No te asustes. Me dispararon hace un par de días, pero estas heridas desaparecerán mañana. Lo prometo. Nada de qué preocuparse. Normalmente, ya se habrían ido, pero recibí bastantes balazos a la vez.

—¿Bastantes? —repite aturdida, todavía tapándose la boca con horror.

Como no quiero que me siga mirando, me quito los vaqueros y los calzoncillos y luego me transformo en mi animal.

—Lance —respira de nuevo, esta vez acercándose a mí. Levanto la cabeza para colocarla entre sus rodillas y ella me frota las orejas—. Tan suave. Oh, Dios mío, tu pelaje es tan suave. Es muy bonito. Y aterrador. Quiero decir, eres enorme.

Eso es lo que me han dicho. Muevo la cola.

Pone los ojos en blanco como si supiera lo que estoy pensando.

—No quise decirlo de esa manera. Aunque, también estás bastante bien dotado.

Le lamo los dedos.

—Así que nuestro bebé... ¿será así?

Vuelvo a mi forma humana, cubriendo mi erección con una mano.

—Si tiene suficiente del gen de cambiante, sí. Algunos

mestizos nunca se transforman. —Le agarro las dos rodillas —.¿Vas a dejarme ahora entre estos dulces muslos tuyos?

—Vamos al dormitorio.

—Como quieras. —La levanto fácilmente para ponerla a horcajadas sobre mi cintura desnuda y la llevo al dormitorio, donde me aseguro de que cada centímetro de su cuerpo reciba el placer que se merece.

Capítulo Nueve

Charlie

El aroma del café por la mañana, extraña-mente, no me revuelve el estómago. Tal vez sea por todo ese *alivio del estrés* de anoche. Quiero decir, toda la oxitocina extra liberada con los orgasmos múltiples proba-blemente ayuden para todo, ¿verdad?

Es difícil recordar ahora por qué me resistí tanto a Lance. En un momento era un engreído donjuán que dejé entrar en mis pantalones, y al siguiente, me dice que es un lobo, ¡un lobo!, que yo soy su compañera y que va a dedicar su vida a hacerme feliz.

Es una locura, sin embargo el aleteo de ansiedad ha desaparecido en mayor parte de mi vientre. No sé si real-mente puedo creer que sea un playboy converso, pero puedo admitir que Lance hace un gran esfuerzo para demostrármelo. Realmente no puedo pedirle más en este momento.

Me levanto de la cama, desnuda, pero la casa se siente muy cálida para noviembre. Descubro que Lance ha encen-dido el fuego en la chimenea kiva de mi sala de estar y está parado en mi cocina en calzoncillos, cocinando en la plancha.

—Hola, hermosa. —Me Lance una sonrisa por encima del hombro. De verdad, este hombre no debería ser tan letalmente guapo—. Sé que has estado mareada, pero estuve investigando y parece que no llenar tu estómago es la clave para evitar las náuseas matutinas. Es contradictorio, pero Internet lo dice. —Otra sonrisa que induce a la lujuria.

—¿Qué estás cocinando?

—Tú eliges. Panqueques; una tortilla de espinacas, tomate y queso; o podría hacer tostadas francesas.

—Tortilla —le digo, y se me hace la boca agua. Una pizca de náuseas me invade. Pondré a prueba su investigación y veré si la comida las empeora o las mejora. Es cierto que ayer me salté el desayuno porque no tenía hambre. Tal vez por eso vomité—. Esto es amable de tu parte —agrego tomando el plato que me entrega.

—Acostúmbrate. Literalmente, no podré descansar si no creo que te cuido.

Le miro fijamente.

—Esto es tan... raro.

—Además, si no te pones algo de ropa, te voy a follar de nuevo. Mucho. —Levanta las cejas hacia mí y baja la mirada a sus calzoncillos, donde su polla ha tensado el suave algodón.

Dudo, calculando si quiero comer o volver a tener las manos de Lance sobre mí.

—Come —insiste—. Quiero que estés bien alimentada antes de follarte. —Me da uno de sus guiños.

Le paso los dedos por el torso. Tenía razón: las heridas de bala se han desvanecido significativamente. El tipo se cura rápido.

Gime ante mi contacto.

—Come —murmura—. Por favor.

Me siento y le doy un mordisco a la tortilla.

—Mmm. Deliciosa. —La comida parece ser lo que mi cuerpo necesita.

Veo a Lance volver a mi cocina, haciendo que cocinar parezca la tarea más masculina jamás inventada. Siento que todavía quiero resistirme a él porque me resulta difícil creer que esto sea realmente lo que él dice que es. Que está en esto de por vida conmigo. Dedicado a hacerme feliz.

Y sin embargo... cuando pienso en Sadie con Deke, es lo mismo. Deke no despega los ojos de Sadie si la tiene en su presencia. Nunca lo hace.

—¿Sadie es la compañera de Deke? —pregunto con la boca todavía llena de tortilla.

—Sí. Gracias al cielo. Deke estuvo a punto de volverse loco antes de encontrarla.

Hago una pausa para mi próximo bocado.

—¿A qué te refieres?

Lance trae un plato lleno de comida, comida *amonto-nada*, y se sienta a mi lado.

—Los lobos dominantes pueden tener problemas si no encuentran a su pareja a tiempo. Su lobo enloquece y se apodera de él. Probablemente sea de donde deriven las leyendas distorsionadas de los humanos sobre los hombres lobo. —Lance se mete en la boca un tenedor gigante con huevos.

Le echo un vistazo a su plato.

—¿Te vas a comer todo eso?

Muestra esa sonrisa digna de Hollywood.

—Sí. Comemos mucho.

—No es de extrañar que sientas que te preocupes por proveer para tu mujer. Biológicamente hablando, quiero decir.

Sus ojos me miran con dulzura.

—Sí. Totalmente.

—No te preocupes, yo no como tanto.

Su risa plena y cálida me provoca escalofríos de placer.

—Cariño, no me preocuparía si comieras como un caballo.

O un lobo.

Me guiña un ojo.

—Es cierto.

—Entonces, una vez que encuentras a tu pareja, te obsesionas con cuidarla, y si no lo haces, ¿te vuelves loco? Suena como el premio mayor para la especie femenina. —Me acerco y tomo un bocado de su enorme pila de panqueques.

—Mira, somos una especie en extinción. Tal vez por eso el destino nos emparejó a Deke y a mí con humanas. Para diversificar un poco los genes.

Niego con la cabeza.

—Realmente no estoy segura de creer que el destino nos une.

Lance encoge sus musculosos hombros.

—El destino. La biología. Llámalo como quieras. El instinto es real. Incluso si fui lo suficientemente estúpido como para no reconocerlo la primera vez que te vi. En mi defensa, estabas sumergida en el agua, por lo que no obtuve las notas completas de tu aroma.

Sonrío, el recuerdo de nuestro primer encuentro es aún más dulce ahora que le conozco mejor. Me había gustado entonces, a pesar de mi sentido común. Ahora que estoy conociendo más de él, me gusta aún más.

—Lo que no sabes es que en las aguas termales salté de la roca en forma de lobo. —Esboza una sonrisa de pirata—. No sabía que estabas allí, tuve que transformarme en el aire.

Me tapo la boca con la mano, riéndome.

—Oh, no, eso es divertidísimo. Bueno, tú también me sorprendiste mucho, Lance.

—Espero que haya sido una agradable sorpresa. —Sus ojos se enternecen.

—Muy agradable —murmuro—. Uno de los mejores cumpleaños de mi vida, tengo que admitirlo. —Deslizo la mano a mi vientre. A pesar de que este embarazo no fue planeado, no disminuye el regalo que es. Siempre he querido tener hijos. Siempre he planeado tener una familia.

Miro el reloj y me meto el último bocado de tortilla en la boca.

—Será mejor que me vaya. No puedo llegar tarde al trabajo.

—Por supuesto que no. No es mi intención retrasarte.

Me pongo de pie y me inclino para besarle la sien. Deja escapar un gruñido claramente animal, sus manos se acercan a mi cintura desnuda. Supongo que mis pechos balanceándose cerca de su cara son un poco tentadores.

—¿Quieres ayudarme a ducharme? —Mi voz se vuelve ronca.

Lance sale disparado de su silla, me toma por la cintura y me levanta como en un viaje de luna de miel.

—Te prometo que te llevaré al trabajo a tiempo —jura mientras me acompaña rápidamente al cuarto de baño.

Me río, la calidez me invade.

Una voz en el fondo de mi cabeza me dice que no me acostumbre a esto. No debería encariñarme. Puede que las cosas no funcionen. Probablemente no puedan durar.

Sin embargo, ya he tenido suficiente avatares emocionales durante una semana, al enterarme del embarazo y luego al descubrir que voy a tener un lobezno por bebé. Creo que merezco ignorar esa voz mía sobreprotectora de momento.

Puedo averiguar cómo volver a adaptar el plan mañana.

* * *

Lance

Rafe me mira de reojo cuando entro en la sala de estar oliendo al gel de ducha de Charlie. Probablemente yo también huela a Charlie, a pesar de que me ocupé de sus necesidades bajo el rocío de la ducha.

Rafe está en el escritorio del ordenador en la esquina.

—¿Cómo te va con la humana?

Si no hubiera tenido la liberación de tener sexo con Charlie, quizás le atacaría. Me quedo quieto y le clavo la mirada. Es cuatro años mayor, ha estado a cargo de mí desde el día en que nuestros padres dieron sus vidas para salvar las nuestras. No me resisto a menudo, pero cuando se trata de mi pareja, mi lobo no se acobarda.

—No vuelvas a llamarla *humana* —digo con la suficiente amenaza como para que Rafe frunza las cejas—. Su nombre es Charlie. La llamarás Charlie. Voy a invitarla a conoceros a todos, y espero que le deis una gran bienvenida.

—¿Así que la has marcado?

Gruño, como si mi lobo creyera que Rafe tiene intenciones de acercarse a ella antes que yo, lo cual, por supuesto, es una tontería.

—Todavía no. Ni siquiera le he hablado de las marcas. Ya tuvo suficiente para digerir con eso de que *tu bebé no es humano*.

—Correcto. —Rafe se frota la cara—. ¿Cómo ves que se desarrolle todo esto, Lance? ¿Crees que serás un buen compañero con la vida que llevamos? ¿Cómo lograrás que esta chica te tome en serio?

Me invade un sofoco de vergüenza. Me doy la vuelta para que Rafe no vea que me ha afectado. Rafe me pincha donde más me duele, porque nadie me toma en serio. Me he asegurado de ello asumiendo el papel del mujeriego. Un playboy. El imbécil mujeriego que nunca se toma nada demasiado en serio.

Supongo que fue para contrarrestar a Rafe, que se lo toma todo demasiado en serio, incluyendo mi propio apareamiento.

—Es una mujer, no una niña. —Me pongo más irritable cada minuto—. Y voy a resolverlo.

—¿Estás seguro de que es tu compañera?

—Es mi compañera y está embarazada de mi cachorro.

La mandíbula de Rafe se desencaja por un momento, luego se pone de pie, olvidando su trabajo en el ordenador.

—¿Qué?

Me enfrento a él con los hombros firmes.

—Me has oído.

—¿Qué pasó con la protección?

Oh, por el amor de Dios. Todavía piensa que tengo quince años y que necesito que me aconseje sobre llevar siempre un maldito condón.

—Se me salió. Porque es mi compañera, mi lobo quería marcarla. ¿Quieres todos los detalles? —pregunto con sarcasmo—. ¿La posición en la que estábamos? ¿La cantidad de veces que la hice llegar? En serio, te metes demasiado en mis asuntos en este momento.

—Formar una familia es asunto de todos, Lance —me espeta Rafe acercándose a mí. Sus ojos brillan de color ámbar, mostrando a su lobo—. Somos soldados a sueldo en las operaciones más peligrosas del mundo, ¿y crees que es un buen momento para dejar embarazada a una huma... —se detiene sabiamente antes de que le dé un puñetazo en la nariz— a tu hembra?

Me froto una mano por el pelo muy corto.

—Ya te lo dije, fue un accidente. No *pensaba en formar una familia.* Mi lobo solo quería reclamarla. Era todo lo que podía hacer para no hincarle los dientes en el cuello y perderla para siempre.

Ese pensamiento me devuelve un poco más de control. Tengo una hembra humana. Necesitaré mucho más control que nunca para asegurarme de no lastimarla ni hacerle daño. Cuando la marque, tendré que tener la certeza de que estoy con total conciencia y control, porque podría tocar una arteria y desangrarla.

Rafe también se pone serio, sus ojos vuelven al color humano.

—Lance, eso es un problema —dice en voz baja.

—¿Por qué?

—¿Cómo vas a mantenerlos a salvo? —Es solo la turbación en los ojos de Rafe lo que me impide ofenderme.

Quedamos huérfanos de los padres más alfas que existían, que murieron para evitar que nos llevaran los esclavistas de metamorfos. Rafe ha temido perderme de la misma manera que nosotros los perdimos a ellos, desde el momento en que se hizo cargo de mí a la tierna edad de quince años. Rafe lleva el peso y la responsabilidad de mantener a salvo a todos los miembros de nuestra pequeña manada, lo cual será infinitamente más difícil si hay cachorros de por medio.

Me obligo a tragar saliva con el nudo que tengo en la garganta.

—Los mantendré a salvo —le digo—. No depende de ti.

—¡Por supuesto que depende de mí! —explota—. Puede ser solo cuestión de días para que Sarcero descubra la historia de mierda que montó la CIA y dar con nuestras identidades. Va a querer venganza, y normalmente no me preocuparía demasiado, pero acabo de verte aguantar treinta balazos y casi no sobrevives, aun siendo un maldito cambiaformas. ¿Cómo demonios vamos a mantener a Charlie a salvo de un hombre así? ¿Cómo vamos a mantener a salvo a ese cachorro por nacer?

De golpe, el miedo se apodera de mí y lo siento en la base de la columna vertebral. Un miedo real. El tipo de miedo que sentí cuando huíamos para salvar nuestras vidas en esos bosques, con la orden de nuestro padre todavía resonando en los oídos.

Charlie y mi cachorro están en peligro en este momento solo por mi existencia. Si alguien alguna vez los vinculara a mí, los usaría como ventaja. O tal vez los masacrarían por venganza. Y probablemente tengamos más enemigos que Sarcero. Puede haber cientos de personas que nos quieren muertos después de todo lo que hemos hecho por nuestro gobierno.

—¡Joder! —Rafe se aleja de mí—. Nos bajamos del servicio activo para darnos un respiro, pero puede haber sido mi peor decisión hasta ahora.

Miro a mi hermano con sorpresa. Joder, no sabía que dudaba tanto de sus decisiones. Esconde sus dudas y vulnerabilidades bajo su personalidad de sargento rudo y responsable, pero puedo ver que se desmorona.

También veo cuán juntos estamos en esto. Él y yo, igual que siempre.

—¿Es un cachorro realmente lo peor que le puede pasar a nuestra familia? —pregunto en voz baja. No le he dicho la palabra *familia* desde que perdimos la nuestra. Nunca nos he llamado así. Él y yo no hemos sido familia. Hemos sido sobrevivientes. Combatientes. Súper guerreros para nuestro gobierno. Éramos manada, pero no familia. Está claro que Rafe se siente tan responsable de mi cachorro como yo, porque siempre ha cargado el peso de la responsabilidad por mí.

Cuando la mirada de Rafe se vuelve hacia mí, veo que contiene un mundo de dolor. Durante un largo rato, no responde, luego se da la vuelta.

—No. Tal vez no. —Su voz suena un poco más ronca de lo habitual.

La imagen, de repente, de Rafe como tío, no como el alfa hosco y endurecido en el que se ha convertido, llena mi mente.

—Tal vez este cachorro sea exactamente lo que nos faltaba —sugiero.

—No lo sé, Lance. —Rafe suena exhausto. Sale de la habitación, dejando que su preocupación por mi hijo por nacer se traslade a mí.

* * *

Charlie

Lance me recoge en un Humvee después del trabajo. Quiere que vaya a conocer el complejo donde reside la manada y que los conozca a todos como corresponde. Parece una locura, demasiado pronto, pero bueno, este bebé es una locura y ha llegado demasiado pronto, así que supongo que es el momento adecuado.

Hoy Lance volvió a aparecer en mi ruta en el lugar habitual, pero esta vez trotó a mi lado como un perro guardián gigante. Tardé unos minutos en sacudirme el miedo instintivo de un animal tan grande y de aspecto tan feroz, pero muy pronto descubrí que su presencia era un gran consuelo. También me ayudó a creer todo lo que aprendí anoche.

Lance es realmente un lobo. Voy a tener un bebé lobo.

Debería llamar a mis padres, pero no me siento ni remotamente lista. Es demasiado reciente y extraño. Ni siquiera sé lo que siento por Lance. Por nuestra situación.

No, no es cierto. No sé lo que *pienso*.

Sé cómo me siento.

Me siento como si estuviera cayendo por una montaña, con las extremidades agitándose, sin plan, sin paracaídas, pero tengo a este tipo a mi lado. Este tipo cuya sonrisa de pirata me hace sentir cálida por dentro. Alguien que me sugiere que tal vez podríamos improvisar y aún así estar bien. Él tiene la suficiente seguridad para los dos.

No obstante mi mente comienza a dar vueltas de nuevo. Lance puede ser confiado, pero eso no significa que deba estarlo. Tiene una profesión extremadamente peligrosa. Una que lo mantendrá alejado de nosotros durante semanas. Sí, es esencialmente a prueba de balas, pero ¿y si le capturan? ¿Si se conviertes en prisionero de guerra?

Lance me mira.

—¿Qué pasa por esa hermosa cabeza tuya?

Niego con la cabeza.

—Hay mucho que asimilar.

– Pareces preocupada.

Para ser un donjuán, está muy en sintonía conmigo.

—¿Has tenido novia antes? —Suelto antes de darme cuenta de que no estoy segura de querer escuchar la respuesta.

Me mira de reojo con una leve sonrisa en los labios.

—Nunca.

Su respuesta no me sorprende, pero mi alivio sí.

—¿Nunca, jamás? ¿Eres del tipo que se enrolla y desparece?

—¿Estoy en problemas aquí?

Es tan jodidamente sexy cuando me entiende. Niego con la cabeza.

—No. Me preguntaba cómo eres tan bueno para darte cuenta de lo que me sucede.

Vuelve la sonrisa.

—Eres mi compañera. Es mi trabajo, cariño. —Luego frunce el ceño—. Así que estás preocupada.

Me encojo de hombros.

—No quería casarme con un militar.

La confusión revolotea sobre su bello rostro.

—Me di de baja, cariño.

—¿Pero estás de baja realmente? Me parece que todavía lidias con el aspecto más peligroso del trabajo.

—No tienes que preocuparte por mí —dice Lance con total confianza.

—¿Y los viajes largos?

La expresión de Lance se vuelve solemne.

—Nunca estaré lejos si me necesitas. Te lo prometo.

Me muerdo el interior de la mejilla. Se acerca y me toma la mano.

—Oye —dice en voz baja—. No me descartes antes de que lo hayamos intentado, ¿de acuerdo? Dame la oportunidad de demostrarte que puedo ser lo que necesitas que sea.

—¿Y qué es eso?

—Es lo que intento averiguar.

Me río a pesar de mí misma. Es realmente imposible mantener a Lance fuera de juego. Es tan persistente. Tan perfecto.

—¿Hay algo más que deba saber, Lance?

Lance se queda en silencio un momento de más.

—A ver...—Ya se me ha acelerado el pulso.

Lance se frota la nuca.

—Ah, sí. Hay algo. No quería asustarte anoche.

—¡Ya me asusté! —digo, levantando las manos.

Hace una mueca.

—Vale, aquí va. Cuando un lobo se aparea con su hembra, la marca. Con los dientes.

—¿Disculpa?

Lance arrastra su dedo índice por una línea que va desde mi cuello hasta mi hombro.

—Por lo general, aquí. En una metamorfa, no es nada. Se curaría de inmediato. En un ser humano...

—No vamos a hacer eso —digo de inmediato.

Lance se queda callado.

Después de un momento, no puedo soportar el silencio.

—¿Lance?

—Si no te marco, mi lobo podría ponerse frenético. —Hace una mueca de dolor—. Es un impulso biológico, ya sabes. Para asegurarme de que ningún otro hombre intente acercarse a ti.

Dejé escapar un *pfff*.

—Eso es ridículo.

—Lo sé —gime—. Pero es real. Cada minuto que paso contigo sin reclamarte, mi lobo se pone más inquieto. Existe la posibilidad de que pierda el control, lo cual sería malo. —Me mira desde el otro lado de la cabina—. Muy malo.

Me muevo en mi asiento.

—Vale, me estás asustando.

—Sí. Por eso no te lo dije anoche. Pensé que todo el asunto de *Soy un lobo* era suficiente para una gran revelación.

Una vez más, me arranca una sonrisa.

—Está bien, espera un minuto. Entonces, ¿cómo es que la marca les dice a otros hombres que soy tuya, de todos modos? ¿Reconocen las marcas de tus dientes o algo así?

Lance se ríe.

—El olor. La mordedura incrustaría mi olor en ti.

Me estremezco.

—No me gusta.

—Entiendo. —Se ve tan miserable que estiro la mano para tocarle la pierna.

—Solo dame un poco más de tiempo para asimilar todo esto, ¿de acuerdo?

—Por supuesto. —Suena aliviado.

Quiero arrastrarme en su regazo y besarle el cuello. Ni en veinte millones de años habría creído que un tipo como Lance estaría pendiente de cada una de mis palabras, de cada una de mis miradas. Necesitando algo de mí, no, necesitando todo de mí.

Es un poder extraño y exótico que todavía no puedo creer que tenga, y que sé de forma innata que es, de alguna manera, precioso y sagrado. No entiendo el vínculo que Lance siente conmigo, pero creo que es real. Creo en él.

Aparca frente a lo que parece un albergue de esquí de un millón de dólares. Ubicado detrás de un río y entre pinos, es la única edificación en kilómetros a la redonda, que probablemente sea la razón por la cual la manada lo eligió.

—Este sitio es idílico. ¿Eres el dueño del lugar? —le pregunto.

—Sí. —Vaya. De acuerdo, deben de tener bastante dinero. Supongo que el trabajo de seguridad en el sector privado paga mucho mejor que el trabajo militar directo.

—¿Esquían aquí?

Lance asiente.

—Claro. —Abre la puerta y sale, luego se da la vuelta para tomarme de la mano mientras salgo de mi lado.

—¿A campo traviesa o cuesta abajo?

Se encoge de hombros.

—Las dos cosas. —Lo dice como si nada. Probablemente no haya ningún deporte en el que estos tipos no se destaquen. Al fin y al cabo, son sobrehumanos. Pero algo me dice que no compraron el lugar por su cercanía a la montaña de esquí. O mejor dicho, lo hicieron, pero no para esquiar. Probablemente para correr y cazar.

—Oh, Dios mío, ¿cazas?

Lance se detiene y me mira con recelo.

—¿Con armas? No.

Una risa semihistérica brota de mi garganta.

—¿Con los dientes?

Una sonrisa maliciosa estira sus sensuales labios. Se encoge de hombros.

—Está en nuestra naturaleza. —Envuelve un brazo detrás de mi cuello e inclina mi cara hacia la suya, bajando los labios—. ¿Te molesta? —Las palabras no son especiales, pero su voz es una caricia aterciopelada que me lame entre las piernas.

—Supongo que no.

Roza mis labios con los suyos y luego me mordisquea el labio inferior.

—Ven. —Me lleva por las escaleras de madera.

Dudo en la puerta.

—¿Les voy a agradar?

—Rafe está enfadado conmigo por hacer todo mal contigo, pero mataría o moriría por ti.

Le miro con los ojos muy abiertos.

—¿Tu hermano?

Él asiente.

—Nuestro alfa. Eso significa que todos lo harían. Te lo prometo. —Abre la puerta y me invita a pasar.

* * *

Lance

Le dije a la manada que traería a Charlie esta noche, y parece que todos hicieron el esfuerzo de verse presentables. Rafe huele a recién duchado. Channing tiene la parrilla encendida en la terraza que sale de la cocina y voltea hamburguesas.

Sadie está aquí con Deke, e instantáneamente tranquiliza a Charlie. Las dos mujeres se abrazan y comienzan a charlar mientras Sadie desenvuelve una ensalada gigante que trajo. Una ensalada gourmet, con espinacas, peras y nueces confitadas. Saca un recipiente de queso gorgonzola y lo agita por encima mientras le hace a Charlie una docena de preguntas sobre cómo se siente.

Deke me da un codazo.

—No sé si se supone que oficialmente debo saberlo todavía, pero felicidades —dice en voz baja.

Una onda simultánea de placer y feroz protección me estremece. Casi no puedo hablar por un momento.

—Sí, gracias.

Channing entra sosteniendo un plato lleno de dos docenas de hamburguesas.

—¿Felicitaciones por qué? —me pregunta, mirándome primero a mí y luego a Charlie. Levanta la nariz en el aire y olfatea, luego parece desconcertado—. No la has reclam...

—¿Te puedes callar? —advierto. Por el amor de Dios. Acabo de contarle a Charlie sobre la mordedura de reclamo hace dos minutos. ¿Y si no lo hubiera mencionado todavía?

—Estás irritable. —Channing niega con la cabeza, luego arquea las cejas hacia Charlie—. Has estado así desde que vosotros dos...

—Por favor, no termines ese pensamiento —interrumpo, pellizcándome el puente de la nariz.

Sin embargo, Charlie parece divertida.

—¿En serio? Ha sido el Sr. Encantador conmigo —dice ella.

—Oh, siempre es el Sr. Encantador —interviene Rafe, abriendo la tapa de una cerveza Wolf Ridge IPA y ofreciéndosela a nuestro invitada—. Es lo que mejor sabe hacer.

Le arrebato la cerveza de la mano.

—Ella no quiere cerveza. Quiero decir... —me vuelvo hacia Charlie en tono de disculpa y retrocedo—. Media cerveza no estaría mal. —Puede que le guste que sea mandón en la cama, pero dudo que sea la clase de mujer a la que le sienta que le digan lo que tiene que hacer.

Charlie la rechaza con un gesto.

—No, gracias. Ya es bastante malo que siguiera tomando la píldora durante un par de semanas antes de saber que estaba embarazada.

—¡Embarazada! —Channing explota y finalmente comprende todo—. Por el amor del cielo, ¿por qué siempre soy el último en enterarme de las noticias? Y no la has marcado...

—¡Cállate, Channing! —Esta vez Deke se une a mí en coro. Supongo que tiene cierta compasión por mí, siendo él el único lobo apareado aquí.

—Prepararé cócteles sin alcohol —dice Sadie, yendo a la nevera. Saca una botella de agua mineral y limonada.

Los labios de Rafe se aprietan como si todavía estuviera

estresado por el aumento de responsabilidades que cree que debe asumir con este cachorro.

—Sí, no sé nada de todo ese asunto de las marcas. Sadie va a tener que darme la primicia. Más tarde. *En privado.* —Charlie le lanza una mirada de advertencia a Channing. Me encanta que mi hembra no se amedrente.

Aun así, empiezo a pensar que haberla traído aquí esta noche ha sido muy pronto. La manada es demasiado para asimilar por alguien que no sabía de la existencia de los cambiaformas dos días atrás.

—Lo siento. —Le toco la parte baja de la espalda, de pie detrás de ella—. La manada tiende a pensar que la vida de un lobo es asunto de todos los lobos.

—Bueno, en cierto modo lo es —me recuerda Rafe—. Sus acciones nos afectan a todos.

Joder.

Los ojos de Charlie se entrecierran al mirar a Rafe.

—Eso suena un poco sentencioso —dice ella.

La cerveza de Rafe se detiene a medio camino de sus labios y, por un breve rato, creo que va a haber una discusión, porque no hay forma de que no defienda a mi hembra si Rafe no le respondiera amablemente, aun si es nuestro alfa.

No obstante, Rafe no es un imbécil.

—Lo siento —dice—. No quise que lo fuera. Sé que el embarazo fue un accidente y estoy encantado por los dos. Por todos nosotros. —Levanta su cerveza, pero la tensión que se refleja alrededor de sus ojos y boca desmiente el gesto y las palabras.

Sadie levanta su vaso con un brebaje colorido y femenino, una limonada gaseosa con fresas y menta, y lo choca con el idéntico vaso de Charlie.

—Estoy muy emocionada.

Deke, por detrás de ella, envuelve sus brazos alrededor de su dulce maestra de jardín de infancia y le besa la coronilla.

—Lo está. Ha estado hablando sin parar de ser la madrina. Espero que consideres ofrecérselo a ella, Charlie.

Charlie se lleva la mano al abdomen y suelta una risa débil.

—No he pensado en el futuro, pero por supuesto que Sadie sería mi primera elección. —Me lanza una mirada—. ¿Te parece bien? —Se encoge de hombros con una cómica y exagerada expresión de impotencia en su rostro.

—No acostumbramos nombrar padrinos, así que eres tú quien decide. Por la forma en que funcionamos los lobos, toda la manada se considerará como padrinos. A eso se refería Rafe antes. —Le echo una mirada a mi hermano para hacerle saber que está frito si vuelve a ofender a mi mujer.

—Ojalá Lance se hubiera tomado todo esto un poco más en serio, es todo —murmura Rafe—. Una pareja y cachorros es una gran responsabilidad.

Charlie frunce el ceño.

—¿Crees que Lance no habla en serio o que no está a la altura de las circunstancias?

Apenas reprimo el gruñido en mi garganta, solo por el bien de Charlie porque no quiero que piense que va dirigido a ella. Pero, joder, me gustaría hincarle el diente a Rafe ya mismo.

—Yo no dije eso —dice Rafe—. Lance se desempeña bien en cualquier tarea. No tengo ninguna duda de que será un gran padre y compañero. Simplemente no lo vi venir.

—*Ninguno de nosotros lo vio* —gruño, y luego me paso una mano por la cara.

Charlie me mira con el ceño fruncido y se me revuelve el estómago, pero luego se pone a mi lado, apoya una mano en mi pecho y me envuelve un brazo en la espalda para hablar:

—En serio. Si queréis formar parte de este embarazo, necesito que todos seáis ciento por ciento positivos. De lo contrario, buscaremos esa vibra con mi grupo de amigas.

Buscaremos, en plural.

El solo el hecho de que Charlie implique un *nosotros* que pareció un reclamo de ella hacia mí es lo que me impide derribar las paredes.

—La has oído. —Pongo suficiente gruñido en mi voz para advertir a todos mis hermanos de manada.

Los tres levantan las manos en señal de rendición. Ningún lobo inteligente se interpondría entre un lobo y su hembra.

—Charlie, estaremos a tu disposición —afirma Channing y se inclina como un idiota—. Prometemos ser ciento por ciento positivos hasta el final.

—Sí —coincide Deke.

—Te pido disculpas —dice Rafe—. Se suponía que íbamos a hacer que te sintieras más cómoda con la manada esta noche y creo que la embarré.

La enorme capa de tensión que tenía sobre los hombros se alivia, especialmente cuando Charlie dice:

—Vale. Solo hay que poner límites.

—Eres muy buena poniendo límites —dice Sadie—. Ahora, vamos a comer, las hamburguesas se están enfriando.

—Sí, mejor. —Charlie me mira como si recordara mi consejo de no sentir hambre, y noto cierto regocijo en el pecho. Me apresuro a sacar una silla para ella y agarro un plato de la pila en el medio de la mesa gigantesca de arce natural, mi única contribución a nuestro hogar, el único mueble que realmente amo.

Charlie, con aprecio, pasa los dedos por la superficie reluciente.

—Es hermosa —murmura.

Significa todo para mí que la aprecie. Inmediatamente quiero desmontarla y llevársela a su casa para que la disfrute. ¿O se mudará aquí? Joder, hay mucho que averiguar antes de que nazca el cachorro.

—Gracias. Se la compré a un carpintero de quien me hice amigo en Arroyo Seco. Hace un trabajo increíble.

Realmente me encanta.

Entonces lleno de comida el plato de Charlie, ofreciéndole todo lo que hay como si estuviera en peligro de morir de inanición en cualquier momento. Solo cuando se come todo puedo pensar en servir mi propio plato.

* * *

Lance

Después de la cena, le pido a Charlie que se quede y la llevo a mi habitación en el piso superior. Tengo un loft con una habitación en forma de A. La pared oeste tiene ventanas de piso a techo que dan al bosque nevado. El sol se puso hace horas pero la luna ha salido para bañar el bosque con su pálida luz.

—Lance, esto es increíble —dice Charlie—. ¡La vista!

—Sí, me encanta —admito. Los pisos son de roble pulido, los muebles son de madera y de líneas limpias. Una gran alfombra con motivos geométricos en turquesa y ladrillo cubre el suelo.

—¿Pero cómo haces por las mañanas? ¿No te despierta el sol?

Sonrío.

—Sí. No me importa. Soy madrugador. Te taparé la cabeza con una sábana por la mañana.

Charlie sonríe y apoya ambas manos en mi pecho.

—¿Qué le pasa a tu hermano? ¿Le molesta el embarazo?

Le cubro sus manos con las mías.

—No —le digo, aunque esta charla tampoco me siente bien. No quiero que Charlie piense que nada de esto se trata de ella o del cachorro. No quiero que no le agrade Rafe o que no se sienta bienvenida en nuestra manada. Tampoco me gusta dejar que las cosas se tornen pesadas. Pero la conversación parece necesaria.

—Debería decirte algo —le digo.

Me estudia la cara.

—¿Qué es?

—Honestamente, creo que nunca antes había contado esta historia. Creo que Channing y Deke saben la mayor parte, pero no es porque yo haya hablado.

Las cejas de Charlie se fruncen con preocupación.

—¿Qué?

Me doy la vuelta para mirar por el gigantesco ventanal y ver la silueta oscura de los árboles, iluminada por la luz de la luna.

—Con Rafe quedamos huérfanos cuando yo tenía once años. Nuestros padres estaban... —Me detengo, con el estómago revuelto por los recuerdos que se amontonan—. Nuestros padres murieron y Rafe asumió el papel de padre para mí. Tenía solo quince años.

—Lance. —La voz de Charlie es suave, sacándome de la oscuridad—. Lo siento mucho.

Me vuelvo para mirarla a la cara, bebiendo su rostro. Su belleza, su brillo, su aroma me tranquilizan. Niego con la cabeza.

—Fue hace mucho tiempo. Pero Rafe sigue pensando que es responsable de todo cuando se trata de mí. Cuando éramos jóvenes, intentaba demostrarle que podía valerme por mí mismo, que podía librar mis propias batallas y manejarme sin que él me cuidara, pero nunca funcionó. Eventualmente, me di por vencido y me convertí en el que no tenía cojones. Es decir, no podíamos estar los dos tensos todo el tiempo. Pensé que sería mejor que uno de nosotros saliera a vivir.

Los ojos de Charlie se vuelven más redondos.

Joder. No debí haberle contado esa parte. Pensará que no soy responsable. O soy digno para ser un buen padre de nuestro hijo. Prácticamente le dije que soy el playboy de la manada. Lo cual ha sido cierto.

—¿Así que Rafe es el Sr. Serio y tú eres el Sr. Relajado? —Su voz suave es comprensiva. No escucho ningún juicio en ella.

Me encojo de hombros.

—Sí, supongo que sí. Así que vive pensando que ahora tendrá que preocuparse por nuestro cachorro, como si yo no fuera un lobo adulto, capaz de proteger a mi propia cría. —Hago un gesto con la mano en dirección a la habitación de Rafe.

—Sí, no me gustó su implicación —dice Charlie.

—Joder, lamento mucho que te haya ofendido. Me aseguraré de que te lo compense.

Charlie niega con la cabeza.

—No me sentí ofendida. Es decir, me sentí ofendida *por ti*. Sentí que te subestimaba.

Por un momento, no puedo oír nada más allá del latido fuerte de mi corazón. Desde el día en que nuestros padres murieron, Rafe me ha sembrado la creencia de que no puedo cuidar de mi propia vida. Nadie ha discutido nunca ese supuesto hecho.

—No creo que sea cierto que no tuvieras cojones. Creo que has perfeccionado el arte de ser relajado. Algo que espero que se me contagie un poco más. —Me esboza una sonrisa tímida.

—¿Sí? —Tomo sus dos manos entre las mías, mirándola como si estuviéramos de pie en el altar.

—Definitivamente, Lance. Ya sabes que tiendo a preocuparme. Puede que seas el equilibrio que necesito.

No puedo esperar ni un segundo más. Dejo caer sus manos para poder cogerla por detrás de la cabeza y acercar su boca a la mía. La reclamo con un beso hambriento.

—Cariño, me encanta ser tu alivio para el estrés. En cualquier momento y en cualquier lugar.

Sus ojos se arrugan mientras me sonríe.

—Adelante —murmura, ya encendida.

Engancho mi antebrazo debajo de su cintura para cargarla hasta mi cama, besándola en la boca de camino.

—Estás a punto de dejarte follar largo y tendido —le advierto.

Su risa es ronca.

—Siempre y cuando no me muerdas. —Levanta un dedo entre nosotros. Finjo chasquear los dientes y ella chilla un poco, conviertiendo su risita en una carcajada.

Le pongo sobre su vientre y le doy una nalgada en su sexy trasero.

—Vaya. —Mira por encima del hombro—. Sí, por favor.

Me río, me quito las botas y la camisa.

—Sé que te gusta planificar, cariño, así que esto es lo que haremos. —Le doy otra nalgada antes de darla vuelta para abrirle los vaqueros—. Voy a usar mi lengua para excitarte al mismo tiempo que te pongo el culo rojo con nalgadas. —Le bajo los vaqueros y las bragas cuando se quita los zapatos—. Entonces te voy a llenar de esta polla de lobo hasta que grites para que te suelte. —La ayudo a quitarse la camisa y el sujetador—. Y luego te envolveré en mis brazos y me aseguraré de que nada perturbe tu dulce sueño, ni siquiera el sol de la mañana. —Tan pronto como la tengo desnuda, la vuelvo a poner boca abajo y le levanto las caderas hasta que queda de rodillas—. ¿Entendido?

—Me parece un buen plan.

—Separa más las rodillas.

Ella emite un gemido encantador mientras deja que sus rodillas se abran en la cama, levantando y abriendo su trasero hacia mí. Agarro las nalgas para levantarlas y separarlas, abriéndolas para mi lengua. Dejo caer la primera nalgada sobre su piel desnuda en el mismo momento en que mi lengua se desliza entre sus pliegues.

Grita y sus piernas se sacuden un poco antes de arquearse para darme más.

—Así es, mi pequeña planificadora. Déjame lamer lo que es mío.

Hay *un poco* de protesta, como si quisiera refutar el hecho de que ahora es mía, así que le doy tres azotes en el culo para demostrarlo. Su respiración se agita, temblorosa y desesperada. Lamo sus jugos que fluyen libremente, presionando mi lengua entre sus pliegues, penetrándola con ella. Cada pocos segundos, le doy una palmada en el trasero, manteniéndola en tensión y jadeante.

Encuentro su clítoris, lo cual es difícil desde este ángulo, pero soy dedicado, y enrollo mi lengua alrededor de él, luego le doy otra nalgada, esta vez en la otra. Me meto los labios en la boca, los mordisqueo. Me aparto y le doy ligeros azotes en el coño un par de veces, con chasquidos corto y rápidos.

—Lance —gime sonando necesitada.

—Así es, cariño. Quiero que digas mi nombre mientras me ocupo bien de ti. —Presiono la yema de mi pulgar sobre su ano mientras devuelvo mi boca a su núcleo.

—Oh, Dios mío, Lance.

Otra nalgada.

—Por favor —gime—. Es muy bueno. Oh, Dios mío, por favor.

—¿Tienes que correrte, cariño?

—¡Sí!

—Ven a mi lengua, Charlie, y luego te daré mi polla. —Le masajeo el ano y la penetro con mi lengua.

Estira los dedos hacia atrás para frotarse el clítoris con más firmeza. Le doy una palmada en el trasero una vez. Dos veces. A la tercera vez, ella alcanza la cúspide, con su dulce coño apretándose, temblando alrededor de mi lengua mientras empuja las caderas hacia atrás para obtener más de mí.

—Eso es todo, cariño. —Hundo dos dedos en su canal para darle algo más sustancial a lo que aferrarse.

—Oh... ¡oh!, Lance.

—Sí. Solo Lance —le digo, acomodándola suavemente de lado y luego sobre su espalda.

Charlie

Lance se cierne sobre mí mirándome con el brillo de sus ojos del más pálido azul.

—Tu lobo está apareciendo —susurro.

Parpadea, tocándose con la punta de la lengua uno de los dientes caninos que parece más largo de lo habitual.

—No te marcaré —promete.

Ni siquiera estaba pensando en lo que me ha dicho en el camino hasta aquí. Que su lobo quiere morderme para incrustar su olor para siempre en mí. Pero por la forma en que habla, capto la vibra de posesividad por todos lados.

Y tengo que decir... No me desagrada la idea.

Quiero decir, es lo último que hubiera esperado de un mujeriego como Lance. La única razón por la que le rechacé fue porque pensé que era un tipo que se marcharía de la noche a la mañana. Pero ahora todo ha cambiado. Dice que estará conmigo de por vida. Proclama como suyo mi coño.

A mí me toca la fibra sensible. Fibra que ni siquiera sabía que tenía. Quería estar segura y encontrar estabilidad en un hombre.

Todavía no estoy convencida de que sea así, pero ciertamente está conmigo. Realmente no puedo exigirle más. No puede cambiar quién es o qué es, o a qué se dedica, pero está dispuesto a brindarse al ciento por ciento.

Y es quinientas veces más emocionante que el contador de mi fantasía.

Y el sexo.

Cielos santos.

Frota la cabeza de su polla en mi entrada, haciéndome arquear y gemir por más, a pesar de que acabo de tener un orgasmo.

—Sí —le animo.

—Di mi nombre otra vez, Charlie. —Su voz es baja y gruñona mientras retiene su polla, provocándome ahora.

—Lance —respondo de inmediato.

—Solo Lance —corrige.

—Solo Lance. —Estoy de acuerdo.

Con una sonrisa salvaje, me penetra con un chasquido de caderas y la sensación de estar llena por él hace que mis ojos se pongan en blanco.

—Oh... —Gimo de placer mientras él retrocede un poco y luego vuelve a penetrar.

—Ajá. ¿La quieres profundo?

—Sí —acepto. No es que me quejaría si lo hiciera de otra manera. Como sea, el tipo tiene una polla mágica y todo lo que hace con ella me provoca gritar.

Le observo en la habitación iluminada por la luna, noto sus abdominales flexionados mientras balancea las caderas, sus pectorales que se destacan en todo su esplendor con un marcado relieve.

Me sujeta el hombro con una mano y me pasa el pulgar por la garganta, un movimiento gentil que contrasta totalmente con sus embestidas profundas y firmes. Hay una cualidad meditativa en sus movimientos, casi como de tantra, aunque yo no sé mucho al respecto, pero así es como me imagino que sería el sexo tántrico.

Tal vez se esté concentrando para no marcarme. La idea debería tranquilizarme pero no lo logra. Es difícil tener miedo cuando estoy con Lance. Lo que dije antes del sexo era lo que me ha dicho: él me equilibra. Me alivia la ansiedad. Me hace sentir que todo es posible. Como si mi mundo no fuera tan pequeño como trato de hacerlo. Que puedo soltar el control y él se asegurará de que no suceda nada terrible.

Entonces me entrego a la deliciosa dulzura de él moviéndose dentro de mí y muevo las caderas para acompasar las embestidas, recibiéndole. Lance me acaricia un pecho, pasa un pulgar por un pezón duro, pellizcándolo, apretándolo.

La relajación de mi primer orgasmo se desvanece reemplazada por la sensación de placer y empiezo a gemir y a gemir. Agarro los brazos de Lance y mis uñas se hunden en su piel.

Vuelve a soltar esa sonrisa maliciosa.

—¿Quieres más, Charlie?

—Sí —le suplico.

Acelera el ritmo, acortando las embestidas para hacerlas rápidas y duras. El sonido de la carne que choca la carne repercute en la habitación.

—Lance...

—Ajá. Di mi nombre, Charlie. ¿Quién te hace gritar?

—Sí, cielos, por favor, Lance.

Sus ojos brillan en la oscuridad mirándome fijamente, manteniendo el ritmo frenético, pero sin perder el control. Parece que me está esperando. Es todo para mí.

—¿Vas a...? —jadeo.

Su sonrisa se ensancha.

—Es un hecho contigo, cariño. Solo estoy tratando de contenerme.

—No lo hagas —murmuro.

—Joder. —Lance parece perder el control entonces y comienza a bombear con embestidas bruscas y veloces hasta que se incrusta profundamente y se queda allí. Llego al clímax en el mismo momento que él, con mi coño exprimiendo su simiente. A pesar de que ya hemos concebido un hijo, imagino que este es el momento en que se hace un bebé, en la perfección de nuestro acoplamiento. Mi cuerpo recibe su esencia y le da la bienvenida cuando se mete más adentro de mí para fertilizar un óvulo.

Es un acto magnífico, una creación.

Lo que hicimos juntos es hermoso, ya sea que lo deseáramos en ese momento o no.

Fiel a su palabra, Lance se abalanza sobre mí, me envuelve en sus brazos y nos hace rodar hacia un lado para que me acune contra él.

Las palabras *te amo* rondan mi cabeza. Es demasiado pronto para decirlo, pero están ahí, de todos modos. Lo que siento en este momento por Lance es definitivamente amor.

Le beso en el cuello, en el pecho y emite un sonido casi herido mientras me acaricia el pelo.

Me aparto un poco.

—¿Estás bien? ¿Fue duro no marcarme?

Su sonrisa es un poco dolorosa.

—Es duro. —Su polla se revuelve contra mi vientre y me saluda—. Sin embargo, siempre estoy duro para ti.

—Ja, ja. —Le toco la cara—. Pero realmente... ¿duele?

Sacude la cabeza.

—No, cariño. Solo tengo miedo de hacerte daño. No quiero perder el control y marcarte sin tu consentimiento. Es más un frenesí, no un dolor.

Asiento con la cabeza y me acurruco más cerca de él. A pesar de lo extraño que es todo esto, me encanta ser parte de ello. Aprendier sobre su especie. Su manada. Sus heridas.

—¿Y tú? —Me aparta un poco de pelo de la cara—. ¿Te relajaste? ¿Necesitas algo?

—Estoy bien. Definitivamente relajada. Tú me ayudas con eso. Siento que puedo soltar un poco el control cuando estoy contigo. Y divertirme.

—Mmm. Mi pequeña planificadora. Nos divertimos. —Me besa la cabeza—. ¿De dónde viene esa necesidad de planificar y organización?

Es gracioso, mis amigas se han burlado de mí durante años, pero nadie me ha preguntado realmente por qué soy una fanática del control. Simplemente han aceptado que que soy así.

Respiro hondo.

—Mis padres se alistaron en la Fuerza Aérea después del 11 de Septiembre. En mi infancia no solo hubo muchas mudanzas, tuve a mi mamá o a mi papá ausentes durante meses y meses. A veces los dos estaban asignados y nos quedábamos con mi abuela. Además, siempre tuve miedo de que mamá o papá no volvieran a casa, porque eso les pasaba a otros niños que conocía en la base. Soñaba que mi mamá y mi papá llegaban a casa y nos decían que iban a conseguirse nuevos trabajos. Solo quería que estuvieran a salvo. Y quería vivir en un pueblo pequeño con una comunidad fuerte. Por eso elegí Taos. Podría verme casándome, criando hijos aquí.

—¿Y el hombre que imaginaste?

¿Soy solo yo o la voz de Lance suena un poco estrangulada? Trago saliva.

—Bueno, ¿honestamente? Me imaginaba a alguien muy estable. Un dentista o un contador. —Lance arruga la nariz al oírme y yo me río—. Lo sé, suena aburrido. Pero sobre todo pensaba en alguien que tuviera los pies en la tierra, que le encantaría ser padre. Alguien que fuera entrenador de las ligas infantiles o sería un líder de *boys scouts* y todas esas estupideces.

Es curioso cómo todo parece irrelevante ahora.

—Entrenaré a las ligas infantiles —dice Lance con la voz más solemne.

Me río con la calidez que aflora en mi pecho.

—Apuesto a que sí.

Y de alguna manera, la idea de ver a Lance aprendiendo a entrenar a las ligas infantiles suena mucho más emocionante que la imagen que tenía en mi cabeza. La del aburrido contador que ya creía saber todo sobre ligas infantiles.

Le acaricio el pecho y suspiro, la satisfacción se apodera de mí como una manta. No puedo recordar cuándo me he sentido en paz, pero ahora sí. En los brazos de Lance, me siento segura y protegida. Como todo, incluso un embarazo inesperado y formar pareja con un hombre lobo, no solo será fácil, sino también divertido.

Capítulo Diez

L*ance*

Después de dejar a Charlie en el trabajo a la mañana siguiente, encuentro a Rafe realizando prácticas de tiro en el bosque con el resto de la manada. Le gusta hacernos entrenar en condiciones climáticas adversas, y la nieve comenzó a caer hace una hora en copos gruesos y silenciosos.

Esperando la reprimenda habitual que recibo cuando me divierto mientras el resto de se entrena, me uno a ellos sin decir palabra y tomo una ballesta.

Apunto a la diana, espero y suelto mi flecha un segundo después de que Rafe Lance la suya y parto el asta de su flecha por el centro cuando ambos alcanzamos el objetivo.

—Imbécil —murmura.

No digo nada. En su lugar, vuelvo a cargar y espero.

—¿Quieres demostrar que no necesitas entrenar? —espeta.

—No. Solo que no soy tan jodidamente incapaz como crees que soy.

—Aquí vamos de nuevo. —Rafe tiene el descaro de mofarse.

Channing suelta una flecha y yo dejo volar la mía, quitándole toda la gloria a su diana cuando también destrozo su asta.

—Imbécil —Channing me Lance una sonrisa para demostrar que, a diferencia de Rafe, no lo dice en serio.

A pesar de mi actitud relajada, no puedo encontrar en mí la capacidad de sonreír. Escuchar la perspectiva de Charlie anoche lo cambió todo. Validó lo que he sentido toda mi vida adulta, pero nunca supe si me lo estaba inventando: Rafe no cree que pueda cuidar de mí mismo.

—Nadie cree que eres incapaz —ofrece Deke, Lancendo una flecha antes de que pueda alcanzarla. Por lo general, él es de pocas palabras, así que el hecho de que quiera hacer las paces me dice que estoy más malhumorado de lo que creo. Mi necesidad de marcar a Charlie me tortura a cada momento. Me prepara para luchar, follar o morir en cualquier momento.

—Oh, ¿en serio? Porque creo que Channing es más respetado que yo por aquí, y apenas se ha quitado las botas de entrenamiento.

Channing se da la vuelta, apuntando su flecha directamente a mi ojo.

—Repítelo, gilipollas. —Su sonrisa tonta es lo único que impide que mi lobo responda de la misma manera.

—Oh, estoy listo. —Le enarco las cejas.

—Tal vez sea porque Channing no anda preñando humanas...

Con un gruñido, salto y tiro a Rafe al suelo, tan enfurecido que ni siquiera sé si estoy en forma de lobo o humana.

Humana, parece. Con otros tres humanos muy grandes sentados encima de mí, sujetándome.

—Cielos, está mal —se jacta Channing.

—Vete a la mierda. —Lucho pero no puedo levantarme. No con todos ellos sujetando mis extremidades con el peso de sus cuerpos.

—Será mejor que marques a tu chica antes de perder la cabeza —dice Deke.

—Escúchame —dice Rafe—. *Escucha.* —Él infunde el comando alfa en la palabra, y mi cuerpo instintivamente se queda quieto—. No quise decir eso. Lo siento. Sé que es tu compañera. Pero seguro que te has vuelto loco con esto...

—Me gustaría verte hacer las cosas a la perfección cuando se trata de una mujer —gruñe Deke, sorprendiéndome al ponerse de mi lado y enfrentándose a nuestro alfa.

Para mi sorpresa, Rafe no restablece su dominio. Por un segundo, su expresión se vuelve distante, como si realmente estuviera pensando en una hembra, pero es imposible. Rafe nunca ha estado interesado en buscar a su pareja loba y alfa. Y es difícil imaginar que alguna vez la encuentre en este pequeño pueblo o cuando rara vez interactuamos con otros metamorfos.

—No —dice Rafe bruscamente, bajándose de repente de mí. Los otros dos siguen su ejemplo y se levantan. Extiende una mano para ayudarme a ponerme de pie.

Solo lo acepto porque no es propio de él ser conciliador.

—Espero que pienses en todo lo que podría salir mal —dice Rafe, se aleja de mí y se frota su cabello rapado con la palma de la mano, derritiendo los copos de nieve en la parte superior de su cabeza.

—¿Por qué querría hacerlo? —pregunta Channing en voz baja.

—Sarcero anda por ahí. Podría buscar venganza, y ¿qué mejor manera de conseguirla que a través de tu hembra? ¿O de tu hijo?

Se me revuelve el estómago.

Joder.

Trago saliva con fuerza.

—Averiguaré cómo mantenerlos a salvo —lo juro.

Rafe asiente.

—Todos lo haremos.

Al instante me arrepiento de haber buscado pelea. Sé que Rafe lleva el peso del mundo sobre sus hombros, más de lo que debería, incluso para un alfa de una manada tan pequeña. Me acerco para darle un abrazo y le doy una palmada en la espalda.

—Te quiero, hombre.

—Chupapollas —murmura Rafe porque no le va la sensibilidad.

Channing y yo nos reímos.

Capítulo Once

Charlie

Esta noche es noche de chicas y Sadie, Adele, Tabitha y yo planeamos encontrarnos en la casa de Tabitha. Les voy a contar que estoy embarazada. Sadie ya lo sabe y Adele conoce parte de mi rollo con Lance, pero es hora de contarles toda la historia.

Tabitha vive en un vagón de tren reconvertido en las afueras de Taos. Su estilo de decoración se puede resumir en desorden realmente genial. No ayuda que la mitad de su hogar esté dedicada a interesantes objetos vintage o a la ropa que vende en internet.

Aparto la cortina de cuentas y me dirijo a uno de los tres puf. Hay un sofá moderno más estructurado, similar a una *chaise longue,* disponible para sentarse, pero lo evito. Tabitha lo llama un *sofá de yoga,* pero busqué la marca en internet y definitivamente es un sofá para el sexo, cuya funda de cuero sintético rojo se limpia fácilmente. Incluso Adele elige un puf.

Adele ya está aquí, haciendo la corte a tres gatos adormilados, con un cuarto gato en su regazo. Además de su negocio en línea, Tabitha cuida mascotas para pagar sus gastos. También ha trabajado como modelo, constructora de naves espaciales, artista de joyas y corredora de Jeep todoterreno. Los objetivos profesionales no significan lo mismo para Tabitha que para mí. Definitivamente no tiene un plan de vida.

—Hola, cariño —saludo a Adele. Mi amiga luce un poco más tranquila desde la última vez que la vi. No quiero entrometerme en sus problemas de negocios, a menos que ella los mencione primero.

— ¿Cómo estás?

—Genial. —Adele acaricia al gato atigrado gigantesco—. Tengo un poco de terapia de ronroneo.

—Oh, ¿te molesta Winston Churchill? —Tabitha pregunta desde la cocina.

—En absoluto —murmura Adele. El gato ronronea tan fuerte que puedo escucharlo desde mi asiento—. Charlie acaba de llegar.

—Charlie, bienvenida —dice Tabitha—. Siéntete como en casa. ¿Algo de beber? Adele bebe vino.

—Solo agua para mí, gracias. —Extiendo la mano y persuado a uno de los siameses para que se acerque.

Tabitha entra con una bolsa de patatas fritas y un tazón de salsa. Ahuyenta al segundo gato siamés de la mesita de café y luego se apoya las manos en las caderas. Lleva un mono amarillo brillante, y se parece a Uma Thurman en *Kill Bill*. Hace mucho cosplay, además de comprar ropa vintage al por mayor en las ventas de propiedades inmobiliarias, aprovecha sus propias habilidades de costura para reinventarla. El mono probablemente sea resultado de esto.

—¿Cómo diablos estás, Charlie? —pregunta Tabitha, todavía ajetreada, colocando posavasos y reorganizando los bocadillos—. No te he visto por aquí.

Quizás sea porque he estado con Lance en lugar de ayudar a Adele en la tienda. Lance pasó todas las noches de esta semana asegurándose de que estuviera sexualmente satisfecha, tanto antes de acostarme como todas las mañanas, antes de ir al trabajo. El resto de sus horas las dedica a ofrecerme comida o a aparecer en forma de lobo en mi ruta de correo.

—Estoy bien.

—Te ves muy bien. ¿Llevas maquillaje o algo? —Tabitha me mira—. Estás resplandeciente.

—Sí, lo estás —asiente Adele, y arquea una ceja hacia mí, a espaldas de Tabitha.

Me toco las mejillas, con la esperanza de que la tenue luz de la lámpara de lava oculte mi rubor. Afortunadamente, Tabitha no se entromete. Sumerge un chip y se lo lleva al sofá de yoga, o sexo, donde se tumba en la superficie curvada.

—Oh, antes de que se me olvide, Adele, vi a tu socio el otro día. Parecía que tenía un ojo morado —dice.

Le lanzo una mirada preocupada a Adele. Bing no tenía un ojo morado cuando le vi, pero no parece sorprendida por la noticia.

—¿Ah, sí? —La voz de Adele es neutra.

—Le llamé por su nombre, pero no debe haberme escuchado. —Tabitha se encoge de hombros—. ¿Todo bien?

—Sí, le llamé antes, pero no he tenido noticias suyas —dice Adele lentamente—. Gracias por contármeloa, Tabitha. Voy a ver si me devuelve a llamar.

—No hay problema. —Tabitha parece ajena a la situación, por lo que Adele aún no debe haber compartido todo con ella—. ¿Charlie? ¿Qué hay de nuevo contigo?

—Um... —¿Debería hablar ahora o esperar a Sadie? No puedo decidirme. La pausa se prolonga demasiado y me doy cuenta de que mis dos amigas me miran expectantes—. Tengo algunas noticias.

Adele esconde la sonrisa en su copa de vino. Cree que sabe lo que voy a decir.

Cuando abro la boca, la puerta se abre de golpe.

—Hola, chicas —trina Sadie—. ¿Estáis listas para ser madrinas? —Lleva un gran recipiente Tupperware, el que usa para los productos horneados, y una bolsa llena de botellas tintineantes—. Pensé que podíamos celebrar. ¡Hice magdalenas! ¡Y traje bebidas para cócteles sin alcohol!

Adele se endereza tan rápido que el gato Winston Churchill sale volando y aterriza de pie con un golpe y se aleja pavoneándose, con la cola en alto. Adele ni se da cuenta.

—¿Madrinas? —Mira a Sadie como si buscara una barriguita.

—¿Cócteles sin alcohol? —Tabitha arruga la nariz. Se vuelve hacia mí—. ¿Es esa tu noticia? ¿Te estás desintoxicando?

—Oh, no —jadea Sadie. Agarro el recipiente de plástico de las magdalenas antes de que salgan volando y lo llevo a salvo en la mesita de café—. ¿Todavía no se lo has dicho? —Sadie está horrorizada.

Los ojos color avellana de Adele se abren de par en par cuando pasan de Sadie a mí.

—¿Charlie?

—¡Sorpresa! —digo débilmente a Tabitha y Adele.

Adele se lleva una mano a la boca.

—Espera, ¿qué? —pregunta Tabitha, mirando de mi cara a la de Adele—. ¿Qué está pasando?

Me aclaro la garganta.

—Estoy embarazada.

—¡Enhorabuena! —exclama Sadie, igual que la primera vez que se lo dije—. Lo siento. Estoy muy emocionada.

—Oh, Dios mío, ¿en serio? —pregunta Tabitha. Asiento con la cabeza y ella levanta el puño en el aire—. ¡Alguien tiene un bollo en el horno!

Dios mío.

—Charlie, ¿estás bien? —pregunta Adele.

—¿Sí? —Respondo—. Quiero decir, lo estoy asimilando. Todavía es una conmoción.

—Estarás bien. —Sadie se hunde en una bolsa de frijoles a mi lado—. Para eso estamos aquí. —Me da unas palmaditas en la rodilla.

Tabitha se dirige directamente a las magdalenas que Sadie bañó con glaseado azul pálido, rosa y amarillo.

—Sí —dice Adele—. Estamos aquí para ti. Lo que necesites...

Me encojo un poco de hombros, débil de alivio.

—Espera, ni siquiera sabía que te estabas viendo a alguien. —Tabitha lame el glaseado azul de su dedo.

—No lo estaba. —Ah, tengo que ponerme al día con Tabitha.

—¿Y qué pasó? ¿Quién es el afortunado? —Ella sonríe y agrega con picardía—: ¿Lo sabes?

—Detente. —Adele frunce el ceño ante Tabitha.

Tabitha me guiña un ojo.

—Sí, conozco al tipo —le respondo con sarcasmo. A Tabitha y a mí nos gusta fingir que peleamos—. Es Lance Lightfoot.

Tabitha hace una pausa antes de morder la magdalena.

—Espera, ¿quién?

—Uno de esos moteros —dice Adele.

—El amigo de Deke —interviene Sadie rápidamente.

No puedo interpretar la expresión de Adele. No estoy segura de que vaya a aprobar a Lance.

Tabitha se queda boquiabierta.

—¿El donjuán rubio? ¿Ese es el padre?

—Sí, y realmente nos llevamos bien. Vamos a tratar de que funcione.

—¡Ey! —Sadie aplaude y comienza a sacar botellas de agua son soda y jarabes de su bolso.

Adele parece escéptica.

Tabitha se acerca y pone una magdalena frente a mí.

—Dejemos de lado el tema del bebé —dice—. Siento que me he perdido mucho. Déjame aclarar esto: ¿sigues con Lance? ¿El tipo que ligó con todo un grupo de mujeres frente a nosotras?

Me estremezco. Hemos visto a Lance en acción. Y todas las chicas le dieron sus números de teléfono. Una le apretó los músculos y le preguntó si la llevaba a montar la moto. Él les aseguró a todas que las llevaría a dar un largo paseo.

Gimo y me pongo la cara entre las manos. Inmediatamente, mis amigas me rodean. Tres manos suaves caen sobre mi espalda. Incluso Tabitha se acercó hasta mí.

—Vale —dice Adele—. Estamos contigo.

—Sí, Charlie —agrega Tabitha y Sadie termina—: Vamos a superar esto.

—Sé que es un mujeriego. El rollo fue solo una indulgencia de cumpleaños. Me invitó una copa después de celebrar, nos conocimos en el aparcamiento. De hecho, nos habíamos visto antes en las aguas termales esa mañana, desnudos. Lo cual preparó el escenario. —No puedo resistir la sonrisa pícara que hace reír a mis amigas

.

—Entonces —dice Tabitha— debe ser bueno.

—Muy bueno —admito con un suspiro—. Muy bueno.

—¿Pero? —Adele me pregunta al escuchar mi reticencia. Me tiende el plato de magdalenas y yo tomo una.

—Pero quería a alguien estable. Una persona hogareña como yo. Lance se ha dado de baja en el ejército, pero creo que su trabajo es igual de peligroso, o más ahora que antes. —Retiro el envoltorio de la magdalena y le doy un mordisco. Es perfecta: húmeda y esponjosa, con la cantidad justa de glaseado. La dulzura se derrite en mi lengua.

Sadie se pone seria.

—A mí también me preocupa —admite, desenvolviendo su magdalena—. Pero son tipos fuertes. —Ella me da una mirada significativa. Sé que no se me permite contarles a Tabitha y Adele sobre la manada. No sé cómo Sadie pudo soportarlo cuando ninguna de nosotras lo sabía. Al menos ahora puede hablar conmigo.

Me preparo un cóctel sin alcohol. Adele y Tabitha arman los suyos de verdad.

—Lo son... Pero sigue siendo un negocio peligroso. —No puedo dejar de pensar en esos agujeros de balas en Lance. Anoche, tuve una pesadilla en la que estaba despierta por la noche para alimentar al bebé y encontraba a Lance desangrándose en el piso de mi cocina.

—Pero parece bastante lucrativo —dice Tabitha—. Quiero decir, esos tipos compraron esa propiedad multimillonaria en el camino al valle de esquí para su complejo. Debe estar yéndoles bien.

Asiento con la cabeza.

—Sí, creo que tienes razón. Lo cual refuerza mi creencia de que es un negocio altamente peligroso. Tal vez ni siquiera sea legal.

—Es legal —dice Sadie con firmeza—. O al menos lo es a instancias del gobierno de Estados Unidos.

—No necesariamente es lo mismo —respondo.

Sadie frunce el ceño con preocupación, y me reprendo por haberle trasladado mis ansiedades. Si está feliz con su nuevo compañero lobo, no debería arruinarle su fiesta.

—¿Así que está totalmente involucrado con el embarazo? Quiero decir, ¿qué dijo? —pregunta Tabitha.

Tomo un largo trago de mi cóctel sin alcohol.

—Sí. Involucrado de lleno. Está en mi casa todas las noches asegurándose de que haya comido y me frota los pies. Es bastante increíble, de verdad.

—¿Y tú le crees? —pregunta Adele. No suena crítica. Solo como si intentara aclarar los hechos—. ¿Verdad?

Si no fuera por la parte del lobo, no le creería nada. Pero este tipo no es humano. Así que significa que no puedo encasillarlo en la caja a la que pensé que pertenecía.

—Sí, creo que lo es. No es lo que yo hubiera elegido, ni mucho menos, pero tenemos suficiente química como para querer intentarlo.

—Vale —dice Tabitha. Sé que ella me apoyará. Y si Lance alguna vez me engaña, será la primera en cortarle las bolas, enviar bombas de purpurina a su lugar de trabajo y poner azúcar en el tanque de gasolina de su coche.

—¿Y los nombres de bebés? —dice Sadie—. ¿Has pensado en alguno?

Me ilumino.

—En realidad, lo he hecho.

—Correcto. —Tabitha pone los ojos en blanco—. Tu plan de vida perfecto. —Pone *el plan de vida* entre comillas imaginarias.

—Compórtate —le advierte Adele.

—No es como si su plan de vida estuviera escrito en una gran carpeta con pestañas codificadas de colores por década —se burla Sadie.

Hay un silencio mientras mis tres amigas me miran.

—No está codificado por colores —masculló—. Es una buena idea.

Tabitha resopla.

—¿Qué? —Levanto las manos—. Me gusta tener todos mis objetivos en un solo lugar.

—Y no hay nada de malo en eso —dice Adele.

—Bueno, si necesitas ayuda con los nombres de bebés, tengo algunos. —Tabitha vierte un poco de jarabe de moras en su copa, toma un sorbo y chasquea los labios.

—¿Y ahora? —Cruzo los brazos sobre el pecho.

—Aquí vamos —murmura Adele.

—Gorgon —dice Tabitha con cara seria—. Buen nombre; fuerte.

—¿Qué? ¡No! —Sadie grita.

—Scheherazade. Otro gran nombre. Mujer fuerte. Boudicca. Una mujer guerrera.

—Me gustan los nombres antiguos —interrumpo a Tabitha antes de que siga, pero estoy sonriendo—. Como Opal y Jonas.

—Boudicca es un buen nombre antiguo —argumenta Tabitha—. ¿O qué hay de uno bíblico? Como Rahab o Belsasar.

—Nabucodonosor —murmura Adele.

—Sí. —Tabitha señala a Adele—. Exactamente. Apodo *Nebu* o *Nezzar*.

—No hablas en serio, Tabitha —dice Sadie, insegura.

—Creo que Nabucodonosor es un gran nombre —dice Tabitha, toda inocente. La miro fijamente y ella sonríe en su copa.

—En realidad, estaba pensando en nombres con J —digo dulcemente.

—Oh, Señor —dice Adele—. Fui a la escuela donde una familia le puso a cada uno de sus hijos un nombre con J. De

Josué a Jordán y Josías. Menos mal que pararon después de ocho niños; se habían quedado sin nombres.

—Jael y Josafat —dice Tabitha.

—Jafar y Jazmín —respondo.

—¡Sí! —grita Tabitha por encima de la risa de Sadie—. Hazlo, Charlie. Te reto.

—Si llamas a ese niño Nabucodonosor... —comienza Adele, y levanto una mano.

—No lo haré, te lo prometo. —Me duelen las mejillas de tanto sonreír.

—Entonces creo que estarás bien —dice Adele.

—Oh, sí, Charlie, tú puedes con esto —dice Tabitha.

—Haznos saber si tienes algún antojo y te ayudaremos —agrega Sadie—. Tengo ganas de hornear.

—Y si se te antoja algo delicioso, te ayudaremos a comer —dice Tabitha—. Pero no si es asqueroso, como los pretzels bañados en jugo de pepinillos.

Le saco la lengua a Tabitha. Ella me devuelve la mueca y luego ambas sonreímos. Me siento mucho mejor. Mis amigas son increíbles y me ayudarán. Incluso si mi vida está en un lío y aún no me siento lista para ser madre, mi hijo tendrá las tres mejores madrinas sobre la faz de la Tierra.

Capítulo Doce

Charlie

El sábado por la mañana, Lance me dice que quiere ayudarme para que me relaje durante el fin de semana.

Me acorrala en el Humvee de su hermano.

—Vamos, —dice— tengo una sorpresa para ti.

Sorpresa. Odio las sorpresas. Es decir, ¿cómo se planifica adecuadamente?

Pero es Lance, quien me hace sentir que estaría segura en cualquier lugar, en quien confío para que se ocupe de todas mis necesidades, porque lo ha convertido en la misión de su vida.

—¿Vamos a volar a alguna parte? —pregunto, clavando mis uñas en mis vaqueros para no morderlas.

—Quizás.

Lance conduce por la carretera hacia el pequeño aeropuerto de Taos. El no saber me vuelve loca. Mientras tanto, Lance se sienta completamente en calma, con una gran mano en el volante y la otra cubriéndome la rodilla. Tal vez algo de su calma se me contagie.

Pasa por la terminal y nos lleva a un edificio más pequeño cerca de la pista. Un montón de avionetas blancas están en espera, esperando sus vuelos.

—¿Vamos a tomar un vuelo privado? —le pregunto.

—Así es, nena. Nada más que lo mejor. Pero es un avión militar, por lo que está un poco despojado. Vamos. —Sale y abre mi puerta.

Agarro mi bolso.

—Um, ¿necesitaba traer algo?

—No, solo tú. —Me besa y me toma la mano, con una sonrisa gigantesca en su rostro, como la de un niño pequeño que me va a enseñar sus juguetes. Sus juguetes de adultos y muy caros.

Nuestro avión es el último en la pista, uno de aspecto hosco, pintado de un verde grisáceo y apagado. Un verde militar. Está bastante despojado por dentro, con una cabina abierta y algunos asientos duros simples, plegados entre correas colgantes.

Tengo una idea.

—Lance —le digo nerviosamente—, ¿no vamos a hacer paracaidismo?

—No, cariño. Nada de eso. Este fin de semana se trata de que tú y yo nos relajemos juntos. —Me lleva al centro de la zona de asientos, donde se han adaptado dos con aspecto más cómodo entre los básicos.

—Entonces, ¿a dónde vamos? —Agarro mi bolso, preguntándome cómo diablos Lance se las arregló para traerme aquí sin darme ningún detalle. Me siento desnuda, estando en un avión sin maleta. Al menos habría empacado una de mano con algunos elementos esenciales.

—Ya lo verás.

Me besa la frente y luego baja la cabeza para rozar su boca con la mía. Me inclino hacia él y le beso, luego me sobresalto cuando las puertas comienzan a cerrarse. Alguien se ha subido a la cabina.

—Está bien, esto es todo. —Lance me abrocha el cinturón—. Abróchate el cinturón, bien apretado.

Otro beso, y los motores del avión comienzan a rugir.

—¡Puede ser un poco más fuerte de lo que estás acostumbrada! —grita Lance por encima del ruido. Pero su emoción es contagiosa y el corazón me palpita después de ese beso. Lance se coloca justo a mi lado y pone su mano sobre mi rodilla. Me inclino hacia atrás con una sonrisa. Tal vez esto podría ser divertido.

—¡¿Y qué dices?! —grita el piloto—. ¿Quieres hacer algunos toneles?

—Solo un viaje fácil para mi chica —responde Lance.

—¿Es Teddy? —Señalo hacia el frente. Sadie me habló de él y del épico viaje en helicóptero en el que Deke la llevó a una cita.

—¡Ese es mi nombre! —grita el piloto. De alguna manera me oyó por encima del ruido—. Porque soy tierno como un osito de felpa.

Levanto la cabeza hacia Lance. Teddy es un tipo enorme con una camisa recortada que muestra sus brazos cubiertos de tatuajes y abultados músculos. Definitivamente no es suave y blando como un juguete de felpa. Sus músculos tienen más músculos.

—¡No coquetees con mi compañera! —le grita Lance. Su cuerpo todavía está relajado, pero hay un susurro de amenaza detrás de sus palabras.

—¿También es un lobo cambiante? —Supongo que sí, ya que Lance usó la palabra *compañero* con él.

—Cambiante de oso, nena —me dice Teddy, escuchándome de nuevo cuando no creo que sea posible.

—Llámala *nena* otra vez —grita Lance— y te castraré.

—¿Quién está haciendo los favores aquí? —Teddy le devuelve el golpe.

—Eso no significa que puedas cruzar ninguna línea.

Teddy sonríe por encima del hombro.

—Tómatelo con calma. Solo te hago pasar un mal rato. —Me hace otro guiño.

Me relajo. Puedo confiar en estos tipos, incluso si no conozco el plan. Entre el ruido y el cansancio por mi nuevo embarazo, me quedo dormida durante el resto del vuelo.

Me despierto unas horas más tarde cuando el avión aterriza en una pequeña pista.

—Oye, cariño, llegamos. —Lance me levanta la mano y me besa los nudillos. Al salir, saludo a Teddy. Me saluda con la seña de dos dedos.

—Tómatelo con calma, mamita —dice, con gafas de aviador brillando sobre su sonrisa. Sonríe más cuando Lance gruñe.

Salimos del avión y el aire caliente me golpea la cara. Inclino la cabeza por el sol.

—¿Dónde estamos?

Se suponía que debía observar el paisaje y adivinar, pero no había ventanas. Además, me quedé dormida.

—Pensé que un día en la playa te vendría bien —Se encoge de hombros—. Trabajas demasiado. Necesitas relajarte, tomar un poco de sol. Vamos. Conseguí que nos dejaran un coche.

Definitivamente estamos en un sitio cálido. Unas pocas palmeras salpican el paisaje desértico y algunas montañas se recortan a lo largo del horizonte.

Caminamos por el asfalto, evitando el pequeño edificio que da a una terminal, y nos dirigimos al aparcamiento. Este es un aeropuerto tan chico como el que dejamos, y eso es mucho decir.

—¿Quiénes son ellos?

—Nuestros amigos. Ls pedí un favor. —Toma mi brazo y mi bolso y me guía hasta una gran Escalade negra. Introduce un código en un teclado de la puerta y se desbloquea. En un minuto, pasamos de largo un gran letrero que dice: —Bienvenidos a Cabo San Lucas—.

—¡Oh, Dios mío! —exclamo—. ¿Estamos en Los Cabos? ¿Así nomás?

—Así de simple —confirma. Se acerca a la guantera, saca un par de gafas de sol de aviador y se las pone. Me entrega un segundo par.

—¿Qué pasa con los pasaportes?

—Pedí algunos favores. Estamos bien. Puede ser fácil, Charlie. La vida puede ser así. —Vuelve a conducir con una mano para que su mano derecha pueda masajearme brevemente la nuca—. Tómatelo con calma.

Las ventanillas están bajas y cuando serpenteamos por la elevación de la montaña, percibo una bocanada de aire salado. *Relájate, Charlie. Es un día en la playa.* Océano azul, sol brillante y helados. Ni siquiera yo puedo estresarme por esto.

Pasamos por la zona turística. Sigo esperando que Lance gire en uno de los hoteles, pero pasamos a toda velocidad y doblamos en una carretera privada. Hay una entrada más adelante, donde Lance se detiene para introducir un código y saludar a la cámara. Las puertas se abren y las cruzamos.

—¿Quiénes son exactamente tus amigos? —le pregunto. Las casas de esta comunidad cerrada no son casas. Se trata de mansiones situadas en la ladera de la montaña con vistas al océano.

—Son metamorfos. Tendemos a conocernos. Les ayudábamos con la seguridad de vez en cuando, así que no fue un gran problema pedir un favor.

Bien. Metamorfos millonarios. Tal vez debería haberme vestido con sofisticación. Por lo menos, no debería haberme puesto mi camiseta de Sasquatch: *Hide'n Seek World Champion.*

Avanzamos por un camino privado pavimentado con piedras, bordeado de palmeras y cactus. La casa está construida sobre un acantilado que da al puerto. Es gigantesca, de varios pisos, con un tejado de adobe multicolor y estuco en diferentes tonos de colores del atardecer.

—Esto es enorme —le digo—. ¿Es un hotel?

—No, una residencia privada. Diez dormitorios, creo. Piscina infinita. —Aparca y casi espero que la seguridad armada se apresure hacia el coche y nos escolte fuera de las instalaciones—. ¿Qué te parece, nena? ¿Será adecuado?

—¡Oh, Dios mío! —murmuro.

Se acerca a la casa con perfecta confianza. Otra entrada sin llave. La puerta se abre sin hacer ruido, y me aferro a su mano mientras me conduce por el suelo de mármol.

—¿Hay alguien en la casa? —susurro. Si viviera aquí, nunca me iría.

—Solo nosotros.

Entramos en una enorme sala que da al océano. Vistas panorámicas por todas partes. Hay un enorme patio con hamacas colgadas entre las columnas de mármol. Podemos sentarnos y ver las puestas de sol aquí.

Lance señala el sitio de una hoguera y el área de la parrilla. La piscina infinita está construida para que parezca que flota en el océano.

Voy a buscar un baño y regreso negando con la cabeza.

—La suite principal es más grande que mi casa.

—Son todos los cuartos así de grandes, cariño. —Lance

ya ha asaltado la nevera. Me entrega una botella de agua antes de beber de la suya—. Y hay dos casas de huéspedes.

Cojo la botella. ¿Realmente entré en la casa de una persona rica y me serví su agua?

—Esto es increíble. ¿Y conoces a la gente que vive aquí?

—Ellos no viven aquí. Esta es solo una de sus casas.

Me froto la frente. Un ruido me hace girar. Hay un televisor enorme en la pared del fondo, detrás de una mesa a la altura de una barra y taburetes. Un bar estilo *Cheers*, recreado dentro de la casa de alguien. La luz parpadea en la pantalla cuando el televisor cobra vida, una pantalla más grande que la mesa de mi comedor.

Sombras rosáceas, y luego una carita que se aleja de la cámara. Es una niña adorable con un lazo blanco torcido en su cabello castaño. Lleva un vestido amarillo con lo que parece pintura morada manchada en la parte delantera.

—Hola. —Ella saluda.

Le devuelvo el saludo, sin saber si puede verme.

—Jaylin —dice alguien fuera de la pantalla—. Jaylin, ¿terminaste con la pintura? Oh, joder.

Una morena aparece a la vista.

—Joder —repite la niña.

—No, Jaylin. ¿Qué dijo mamá sobre las palabrotas? —La mujer se agacha para frotar con un paño mojado las manchas moradas en el vestido de la niña.

—No lo hago delante de nadie —responde Jaylin obedientemente.

—Así es —dice la madre—. Podrían juzgarme.

Debo haber hecho un ruido porque la mamá levanta la cabeza.

—Oh, espera, ¿encendiste la pantalla? ¿Es eso...? —La mujer mira la pantalla y saluda

—Hola, ahí.

—Hola. —Supongo que puede verme.

—Soy Kylie. Dejé el CallBot fuera porque iba a ver cómo estabais más tarde. Supongo que Jaylin lo consiguió para llamar. Usa esto todo el tiempo para llamar a su bisabuela. De todos modos, ¿llegasteis bien?

—Bien —dice Lance desde el otro lado de la habitación. Se pone a mi lado y me rodea con el brazo—. Muchas gracias.

—Oh, no hay problema. Estaremos allí en unos días, así que la casa debería estar abastecida con todo lo que necesitas.

—Increíble, gracias —dice Lance—. Kylie, esta es mi compañera, Charlie. —Me aprieta más fuerte.

—Hola. —Saludo. Entonces me doy cuenta de que Lance me llamó *compañera*.

—¿Es esta...?

Sí, son los dueños del lugar.

—Mi casa en la playa —dice Jaylin. Kylie se ríe y atrae a su hija a su regazo—. Así es, Jaylin, toda tuya. —Ella pone los ojos en blanco.

—Vamos allí en mi avión blanco —explica Jaylin con orgullo, su vocecita es adorablemente chillona.

—Sí; —dice Kylie— iremos allí en nuestro avión blanco en unos días.

—¿De qué color es tu avión? —pregunta Jaylin.

—Verde —respondo.

—Eso es bueno. —Se gira para mirar a su madre—. ¿Puedo tener un avión verde?

—Creo que un avión es suficiente —dice Kylie y besa la parte superior de la cabeza de su hija—. Ahora ve a jugar.

—Está bien. —Jaylin se aparta del regazo de su madre y me saluda con una manita—. Adiós.

—Adiós. —Me llevo la mano a la barriga. Sorprendentemente, se me atraganta ver a una madre y a su hija. Un día, el bebé en mi vientre será así de grande y adorable.

—Charlie, ah, recién conoce nuestra especie —dice Lance—. Está embarazada de mi cachorro.

—Oh, sí. —Kylie ladea la cabeza hacia mí. Es tan hermosa como su hija—. Soy medio metamorfa, como lo será tu cachorro, pero no supe que lo era hasta que conocí a mi compañero. Pídele mi número a Lance. Siempre puedes llamarme si tienes preguntas.

—Gracias. —Me aclaro la garganta. No me voy a atragantar por la generosidad de esta mujer—. Lo haré.

Cuando Kylie termina la llamada, le digo a Lance:

—Vaya.

—Lo sé, ¿verdad? Ella y Jackson son geniales. Bueno, Jackson es un poco rígido, pero Kylie lo ha enternecido. No es una loba, es una especie de felino. Una pantera, creo. O tal vez jaguar. Sus genes cambiantes no se activaron hasta que quedó embarazada. Conocemos muchos metamorfos como ella. Podemos reunirnos con ellos si quieres.

Me acaricio la barriga. Quiero que mi hijo conozca a su especie.

—Creo que me gustaría.

—Pero basta de eso. Hoy se trata de diversión. ¿Quieres nadar?

—Definitivamente. Pero... —Miro a mi alrededor como si esperara que un bikini apareciera mágicamente—. ¿No te estás olvidando de algo? No traje una maleta. —Al menos podría haberme dicho que empacara un traje de baño. Hombre ridículo.

—No hay problema. —Lance me esboza una sonrisa y se quita lentamente la camisa. Pagaría un buen dinero por un *striptease* como este. La lujuria desvanece los pensamientos de mi cabeza por un momento.

Lleva las manos a sus vaqueros. Me sostiene la mirada mientras desabrocha el botón superior y baja la cremallera.

¿Hace calor aquí?

Se quita los zapatos y me doy cuenta de lo que planea.

—No vas a...

Solo me sonríe.

—Lance, no. —Cruzo los brazos sobre el pecho—. No podemos bañarnos desnudos. Aquí no. —Alguna vecina rica nos verá y se desmayará en su caviar, agarrando sus perlas de los mares del Sur.

—Nadie nos verá. Charlie, relájate.

Este hombre. Me va a embriagar. Excepto que no puedo beber durante los próximos nueve meses.

—Corre ya. El último en llegar se clava. —Me guiña un ojo; él ya está de camino.

Me desnudo.

* * *

Lance

Dejé que Charlie ganara, por supuesto. De ninguna manera mojaría a mi hembra. O que pierda cualquier cosa menos su corazón. Y, por supuesto, su ropa.

El agua de la piscina está tibia y Charlie atraviesa el agua como una nadadora olímpica.

—Tienes un estilo libre impresionante —le digo cuando finalmente se acerca nadando hacia mí con una sonrisa iluminando su rostro.

—Gané el primer lugar del estado en el instituto.

Deslizo mis manos por sus costados.

—Hay tantas cosas que aún no sé de ti. Quiero aprenderlas todas.

Sus párpados caen.

—¿Es realmente así como va a ser? ¿Todo el tiempo?

Dejo de acariciarla.

—¿A qué te refieres?

—¿Es esta nuestra fase de luna de miel? ¿Y luego te conviertes en un perezoso mandón que bebe cerveza tumbado en el sofá y no saca la basura?

Me río tan fuerte que la sobresalto.

—¿Es lo que te preocupa hoy, cariño?

Ella se sonroja.

—La verdad es que no. Simplemente no quiero acostumbrarme a que estés tan interesado en mí si un día va a cambiar.

Sostengo su mirada.

—Te lo dije, nunca va a cambiar. No hasta el día en que me muera, cariño. Los lobos se aparean de por vida. No nos andamos con rodeos. Y, —tomo su mano y la llevo a mis abdominales de tabla de lavar— afortunadamente para ti, no solemos tener barriga de cerveza.

Su sonrisa se vuelve sensual mientras pasa ambas palmas por mis abdominales.

—Vaya suerte —murmura Charlie. Entonces su sonrisa se desvanece—. Pero mi cuerpo no será tan perfecto. Especialmente después de un embarazo.

Le acaricio los dos pechos y la apoyo contra la pared de la piscina.

—¿Qué tengo que hacer para que me creas? Siempre estaré duro para ti. Es biológico. Nada cambiará mi necesidad de satisfacerte. De cuidar de ti. —Deslizo una mano por su vientre y entre sus piernas.

Charlie deja escapar un leve gemido. Me dejo caer bajo

el agua para abrir sus piernas y usar mi lengua. Escucho su grito ahogado y sus piernas se agitan alrededor de mis hombros. Me da golpecitos en la cabeza. La ignoro chupando sus labios inferiores, mordisqueando, tratando de meter su clítoris hinchado entre mis labios. Me da golpecitos con más insistencia.

Vuelvo a la superficie, sonriendo.

—No me hagas preocuparme de que te ahogues. —Me da una palmada en el pecho con la mano mojada.

Me río y la tomo en mis brazos, llevándola a los escalones de la piscina.

—Supongo que tendré que sacarte de la piscina para follarte —le digo.

—Mmm —asiente mientras subo los escalones y la saco de la piscina—. Creo que siempre deberías usar la palabra *follar* cuando hables de tus intenciones conmigo. —Me mira y se le corta el aliento—. Tu lobo está apareciendo.

Estoy seguro de que tiene razón. Mi lobo está a flor de piel cada vez que me encuentro cerca de ella, especialmente cuando está desnuda.

—No te haré daño —le prometo, acostándola gentilmente en un diván.

—Tal vez deberías —dice como en un susurro.

Me quedo quieto, siento que mis dientes se alargan de mis encías, mi polla se tambalea dolorosamente en su dirección. Me esfuerzo para regular la respiración. He estado medio loco toda la semana con mi lobo en un constante frenesí por marcarla, pero he hecho lo imposible para que no se note.

Aún así, si no la marco pronto, podría hacerlo por accidente después de perder el control. Podría salir mal.

—Tendré cuidado —prometo—. No será profunda.

La mirada de Charlie transmite inquietud, pero

también veo emoción allí, mientras el aroma de su excitación flota a mi alrededor como un dulce perfume.

—Está bien —dice en voz baja.

—¿Dónde la quieres? ¿Algún lugar que nadie verá? —Le paso el dorso de los dedos entre los pechos y por su suave vientre.

Se pone de lado y se acaricia el culo.

—¿Qué tal aquí?

—Ay, cariño. Es excitante. Muy excitante. —Engancho su pierna sobre mi brazo para separarle las rodillas y llevo mi lengua entre sus piernas. Es mucho mejor fuera de la piscina, donde puedo saborear su esencia ácida, sentir cada uno de sus temblores. Rastreo dentro de sus labios, meto la lengua en su entrada. Le como el coño, haciéndola gemir y retorcerse.

Normalmente, una mordedura de apareamiento ocurriría en el punto cúlmine del orgasmo, cuando mi lobo se apoderaba de mí, se alargan los dientes recubiertos de un suero especial que impregna mi olor, y entonces los hundo en su carne en el momento en que ambos alcanzamos el éxtasis. Pero no se siente seguro con una pareja humana. Especialmente con una pareja humana embarazada.

Deslizo un dedo dentro de Charlie, sabiendo que su gemido de placer sacará a mi lobo. Definitivamente logra que mi polla se alce con fuerza. Introduzco un segundo dedo y acaricio la pared interior, buscando el punto G. Cuando sus gemidos se tornan más fuertes, demandantes, le paso la lengua por el clítoris, con mi lobo rugiendo a flor de piel. Retiro los dedos de Charlie y cierro sus rodillas, encuentro su ano con mi pulgar en el mismo momento en que hundo los colmillos en su hermoso trasero.

Charlie grita de dolor, lo que inmediatamente somete a mi lobo. Con cuidado, con mucho cuidado, saco los colmillos de su dulce carne y lamo las heridas para ayudar a su curación. Todo el tiempo, masajeo la entrada trasera para mantener las eróticas sensaciones.

—Cariño, ¿estás bien? Por favor, dime.

—¿Eso fue todo? —pregunta sin aliento, como el niño que mira hacia otro lado cuando recibe una inyección.

—Sí. Lamento mucho que te haya dolido. —Beso alrededor de las heridas punzantes, mi otro pulgar se desliza entre sus piernas para frotarle el clítoris.

Ella niega con la cabeza.

—No duele. Quiero decir, me dolió un poco, pero estoy bien. —Me mira desde debajo de los mechones rubios que le caen en cascada por la cara—. Por favor, di que vas a terminar.

El destino sabe que quiero terminar. Pero no quiero causarle ningún dolor a Charlie.

—Ven aquí. —La levanto del diván y me siento en él, luego tiro de ella para que se siente a horcajadas sobre mí, recostada—. Móntame, cariño. No quiero hacerte más daño.

Los párpados de Charlie caen mientras se sube encima de mí, luego alinea la cabeza de mi polla con su entrada y se baja sobre ella.

—¿Puedo dirigir? —pregunta con voz ronca.

—Puedes dirigir cuando quieras, cariño. Solo soy mandón cuando tú quieres que lo sea.

Balancea sus caderas sobre las mías, provocándome espasmos de éxtasis.

—Me gusta cuando eres mandón. —Su voz es prácticamente un ronroneo—. Incluso podría acostumbrarme a tus sorpresas —admite.

Yo contestaría, pero ya estoy a medio camino del clímax.

—Tu lobo está feliz —murmura.

La agarro por la cintura y profundizo en ella.

—¿Cómo puedes saberlo?

—No lo sé. —Me cabalga con más fuerza, lo que hace que sea difícil concentrarme en sus palabras—. Simplemente puedo decirlo.

—Estoy tremendamente feliz, Charlie. Me acabas de hacer el hombre más feliz del mundo.

Respira hondo y sus manos caen sobre mis hombros. Desliza su resbaladizo sexo hacia arriba y hacia abajo sobre mi a rígida polla, apretando el clítoris contra mi bajo vientre, llevándome profundamente dentro con cada empuje. Cuando ella comienza a soltar los gritos más sexys de la galaxia, ambos llegamos al orgasmo en un concierto perfecto. Entonces la sujeto por las caderas y la tiro hacia abajo para que se ajuste bien, mientras aprieta mi polla con los espasmos de sus músculos internos, ordeñándome hasta la última gota de simiente.

Charlie se deja caer encima de mí, sus duros pezones se deslizan por el vello de mi pecho. Le acaricio la nuca y la sostengo.

—Entonces, ¿esto es el equivalente al matrimonio? ¿Acabamos de cerrar el trato? —pregunta en tono burlón cuando levanta la cabeza.

—Sí. Ahora soy tuyo para siempre, ángel. Y nunca, nunca te librarás de mí.

—Mmm, ¿un lobo súper sexy cuyo único propósito parece ser alimentarme, llevarme a playas exóticas y darme orgasmos? Creo que estoy de acuerdo con eso.

Acaricio sus labios con los míos.

—Te amo —declaro, y luego me quedo inmóvil—. ¿Es muy pronto para decirlo?

—Um, acabamos de emparejarnos de por vida, entonces... no. Por lo general, los humanos primero se declararían su amor.

—¿Y qué hay de ti? —Tan pronto como se lo pregunto, lamento haberlo hecho. No necesito presionarla, y no creo que yo quiera saber si mantiene sus reservas conmigo.

—Enamorándome. Mucho.

—¿Sí?

—Sí. Además, creo que deberíamos entrar. Tengo miedo de que mi trasero se queme con el sol.

Joder. Tomo a mi risueña compañera en brazos y me pongo de pie con un movimiento suave. La llevo dentro de la mansión de Jackson y Kylie, donde puedo pasarme el resto de la tarde follándola en una cama mullida y agradable, lejos del peligro de las quemaduras solares.

Capítulo Trece

Charlie
   Los Cabos es un sitio increíble. Amo a Lance por traerme aquí. Por lograr que me agraden las sorpresas. Por hacer que su misión sea brindarme ayuda para relajarme. Por liberarme del control. Por deja de planificar y preocuparme.

Pasamos el día descansando en la mansión, luego damos un paseo al atardecer por la playa. El domingo por la mañana, después de que Lance me ha hecho gritar su nombre varias veces y me ha dado dos desayunos, salgo a caminar por la zona de la piscina y llamo a mis padres.

Es hora de que les informe sobre mi enorme cambio de vida.

Mi mamá contesta de inmediato, cantando mi nombre con total alegría.

—¡Charlotte! ¿Cómo estás, cariño? —Mis padres se retiraron de la Fuerza Aérea el año pasado y se establecieron al sur de Tucson, donde se han integrado en una comunidad de jubilados de Green Valley. Mi papá ahora conduce un carrito de golf y lidera el grupo de ciclistas masculinos de los domingos. Mi mamá toma clases de pintura y organiza cenas temáticas.

Es ridículamente lindo.

—Estoy bien. De hecho, me encuentro en Los Cabos en este momento.

—¡Los Cabos! No me dijiste que te ibas de vacaciones. Me gustaría saber si te vas del país. —Hay un poco de severidad en la voz de mi madre. Podría haber heredado de ella ese gen tendiente a la preocupación.

Me río.

—Lo sé, lo sé. Créeme, te lo habría dicho si lo hubiera sabido. De hecho, fue una sorpresa.

—Bueno, ¿qué pasó? ¿Estás bien?

—¿Qué pasa? —dice mi papá de fondo—. ¿Dónde está? ¿Necesita ayuda?

Ah, mis padres. Siempre listos para salvarme a mí y al mundo.

Tal vez esa sea una de las razones por las que amo a Lance: hay familiaridad en esto, excepto que mis padres eran estrictos y Lance es relajado.

—Estoy bien, totalmente bien. De hecho, tengo algunas noticias. Una gran noticia.

—Oh, Dios, dime que no te fugaste con alguien. No es propio de ti.

Chasqueo la lengua.

—No, no lo es, así que ¿por qué pensarías eso? De hecho, estoy embarazada. —Mejor sacarlo, ¿verdad?

Mi mamá jadea.

—Está embarazada —le susurra a mi papá.

—¡¿Qué?! —retumba mi papá en el fondo.

—Mi... mmm... novio... me sorprendió con este viaje a Cabo este fin de semana para escapar del frío y tratar de desestresarme tras el impacto de todo. Obviamente no fue planeado.

—No, bueno... Está bien —dice mi madre, captando la situación—. Estamos encantados por ti. ¿Vas a tenerlo, verdad?

—¡Por supuesto que voy a tenerlo! Estoy muy contenta. Fue inesperado, pero definitivamente es deseado.

—¿Y tu novio? Ni siquiera nos dijiste que salías con alguien.

—Lo sé. No era realmente serio hasta ahora, pero es genial —me apresuro a explicarle—. Es un militar retirado. De hecho, pudo conseguirme una llamada con Chad. Todavía tiene buenos contactos. —Elijo cuidadosamente las palabras que impresionarán a mis padres, y funciona.

—Vaya, debe serlo. ¿Dónde lo conociste? ¿Vive en Taos?

—Sí, nos conocimos en las aguas termales, en realidad. Pero su amigo está comprometido con mi amiga Sadie, así que estamos en los mismos círculos. Es un gran tipo. Va a ser un gran padre.

—Eso es genial, cariño. Entonces, ¿cuándo es la fecha de nacimiento? ¿Os vais a casar?

Me llevo la mano al trasero, que todavía está dolorido por las heridas punzantes, pero va mucho mejor de lo que esperaba. Lance me dijo que su saliva tiene propiedades que previenen infecciones y pueden acelerar la curación.

—Um, sí, probablemente lo hagamos. Es decir, lo haremos. Obviamente todavía no he tenido tiempo de planear nada, pero serás la primera en saberlo cuando lo sepa.

—¿Y la fecha de parto?

—Agosto.

—¡Bebé de verano! Genial. Queremos estar para el nacimiento, por supuesto. ¿Estará bien?

Se me nublan los ojos.

—Me encantaría, mamá. —Se me obstruye la voz. No lo puedo creer. Voy a tener un bebé. La idea de que mis padres compartan la alegría del nacimiento hace que todo parezca real.

Y de repente me doy cuenta de que no tengo ni idea de cómo será un parto de un bebé mitad metamorfo. ¿Se les permitirá a mis padres presenciarlo? ¿El bebé se verá normal? Oh, Dios, tantas preguntas.

Como si Lance de alguna manera presintiera mi creciente pánico, aparece de repente con un vaso de limonada helada y lo presiona en mi mano, junto con un beso que me da en la sien.

—También queremos conocer a tu novio. Ni siquiera me dijiste su nombre.

—Lance —digo, encontrándome con sus ojos azules de aciano, que cambian a azul pálido cuando aparece el lobo—. Es genial. —Sostengo su mirada—. Lo vas a amar.

Escucho a mi papá refunfuñar de fondo. Al parecer, Lance también lo hace porque me rodea con un brazo por detrás y presiona sus labios en mi oído.

—No te preocupes por tu papá. Lo conquistaré.

Me inclino hacia él y me despido de mis padres, luego me vuelvo en sus brazos.

—¿Me prometes algo? —pregunto.

—¿Qué?

—No le muestres a mi papá tu moto, ni le digas que me dejaste conducirla. O montarme en ella. ¿Vale? Es muy protector.

Lance sonríe.

—Como debe ser. No te preocupes. Conozco su tipo. —Se señala el pecho—. Militar retirado, ¿recuerdas? Puedo parecer relajado, pero sé cómo desempeñar el papel de soldado serio. Lo convenceré de que soy el hombre adecuado para ti.

Presiono mi cuerpo contra el suyo.

—No es tanto un soldado serio lo que necesito, sino un padre serio y un esposo serio. —Le toco el pecho—. ¿Puedes ser muy serio conmigo?

Lance me regala su sonrisa más tierna.

—Pensé que se suponía que debía relajarte.

—Es cierto, pero necesito...

—Sé lo que necesitas. —Lance me pasa una mano por la espalda y me aprieta contra él. Explora el costado de mi cuello con los labios. Creo que tendremos tiempo para un rapidito antes de tener que encontrarnos con Teddy en la pista.

Un escalofrío de placer me recorre y, una vez más, suelto el control de todas mis preocupaciones y dejo que Lance me lleve de vuelta a la mansión para otra ronda.

Capítulo Catorce

Lance

Dos semanas después de ir a Los Cabos, Charlie tiene su primera visita con la ginecóloga. Tuvo que reprogramar su cita porque temía que notara las marcas de la mordida en su trasero, lo cual me mató, pero se ha curado rápidamente y las heridas están completamente cerradas, desvanecidas ahora.

Como tenía que acudir a la cita en horario de trabajo, me reúno con ella aquí y la encuentro sentada en la mesa de examen con su bata y el rostro pálido.

—Todo estará bien, ¿verdad, Lance? ¿Y el bebé? ¿No hay complicaciones raras debido a la mezcla de especies?

Me muevo para pararme frente a ella, con las manos apoyadas en sus caderas.

—En todo caso, es todo lo contrario, cariño —la tranquilizo—. Nuestro bebé será fuerte. Él o ella no se enfermará. No será susceptible a enfermedades o lesiones. Incluso si nunca se transforma, creo que la mayoría de los mestizos están bendecidos con fuerza y buena salud.

Charlie levanta las cejas.

—¿Algunos no se transforman?

Joder. Intento tranquilizarla, no asustarla.

—No pasa nada, cariño. Nuestros cachorros serán perfectos, ya sea que sus genes se manifiesten como humanos o metamorfos.

Sus ojos se vuelven brillantes.

—Cachorros... ¿En plural?

—Bueno, sí. Es decir, si quieres. Definitivamente quiero más de uno.

Una sonrisa se dibuja en los labios de Charlie.

—¿Y tú? —le pregunto.

—Sí. Quiero dos. Un niño y una niña.

—¿En ese orden?

—Sí. Pero como Adele siempre dice: *Nosotros planeamos, Dios se ríe.* De todos modos, es lo que le decía su abuela, y parece ser cierto en mi caso.

Suena un golpecito en la puerta y entra una sonriente doctora de piel morena. Es amigable y tiene una actitud muy relajada, algo por lo que le agradezco al destino.

—Hola, soy la doctora Johnson. —Me da la mano.

—Lance Lightfoot.

—Charlie, me alegro de verte.

—Gracias —dice Charlie débilmente.

Ya ha hecho la prueba de orina y la han pesado. La enfermera nos dijo que la doctora seguramente le haría hoy una ecografía, ya que Charlie estaba preocupada por haber tomado las píldoras anticonceptivas durante las primeras dos semanas.

La doctora le hace algunas preguntas y luego le ofrece una ecografía. Cuando Charlie acepta, le echa un chorro de gel en el vientre y presiona un cabezal contra su abdomen.

El rápido tap-tap-tap de los latidos del corazón de nuestro bebé se oye y Charlie llora.

—Todo está bien. —La doctora Johnson le sonríe a Charlie—. Tu bebé es del tamaño de un grano de arroz.

Aprieto la mano de Charlie y apoyo la cabeza contra la suya.

—Todo bien, cariño.

—Sí, todo bien. ¿Alguna pregunta más? —dice la doctora.

Charlie abre la boca, luego me mira y la vuelve a cerrar.

—No lo creo —dice débilmente.

—Está bien, me gustaría volver a verte dentro de un mes. Te dejo la información sobre la dieta recomendada. Te prescribiré una receta para vitaminas prenatales o puedes comprarlas tú misma. Con tu seguro, la receta los hace un poco más baratos para ti.

Una vez que la doctora se va y Charlie se viste, mientras se pone su uniforme postal, suelta:

—Oh, Dios mío, Lance, a mitad de la ecografía, de repente comencé a preocuparme porque se viera algo que le diera una pista de que el bebé no es humano. Pero no me habrías dejado venir aquí si hubiera un problema, ¿verdad?

—No vas a dar a luz a un lobo, Charlie. No hay nada extraño que ver. Ahora, si quieren tomar una muestra de sangre para los análisis, tendría que impedirlo, pero no debería suceder hasta que nazca el bebé.

Los ojos de Charlie se abren de par en par.

—Pero...

La sostengo por los hombros.

—No hay nada de qué preocuparse.

—¿Cómo lo vas a impedir si quieren una muestra de sangre?

Me encojo de hombros.

—Se me ocurriría algo.

—¿Debería tener este bebé con médicos humanos? Quiero decir, ¿hay médicos cambiaformas en algún lugar?

Me froto la frente.

—Quizás. No lo sé. Los cambiaformas no se enferman, por lo que no necesitamos médicos. Puedo investigarlo. Dudo bastante que encuentre alguno, pero nunca se sabe. Cada vez más metamorfos se aparean con humanas, algo que tiene a muchos miembros de las manadas alarmados por el temor de que nuestra especie se extinga. No he prestado mucha atención a esas charlar porque estaba en el servicio y nunca planeé aparearme. Pero ahora que el destino me emparejó con una humana, solo puedo suponer que es para nuestra supervivencia, no al revés. El destino no comete errores.

—Tal vez debería tener un parto en casa —dice Charlie cuando salimos a la calle.

Me detengo y miro hacia las montañas, pensando.

—No lo sé, cariño. Si algo saliera mal, no con el bebé, sino contigo, necesitaríamos médicos humanos. Quiero que estés a salvo.

—Vaya.

Acompaño a Charlie hasta su coche y sostengo la puerta mientras se sube.

—Todo va a estar bien, cariño. Nada de qué preocuparse. Te seguiré a casa, ¿de acuerdo?

Charlie frunce el ceño.

—Yo... Creo que necesito estar a solas un rato. Solo para procesar todo. ¿Podemos saltarnos esta noche?

Mi corazón se estruja.

Joder.

—Ángel, ¿qué te molesta? ¿Cómo puedo ayudarte?

—No, nada. No te asustes. Solo necesito un poco de espacio. Todo marcha muy deprisa, y tengo que acostumbrarme a la idea de tener un cachorro de lobo. Ser tu compañera. Y todo lo que conlleva. ¿Es justo pedir una noche libre? —Lo dice amablemente, pero sus palabras aún me rompen el corazón.

De todas maneras, extiendo las palmas de las manos.

—Por supuesto, Charlie. Tómate todo el tiempo que necesites. —Me inclino y le dejo un beso en la frente—. Asegúrate de comer tan pronto como llegues a casa.

Me sonríe.

—Te lo prometo.

Le guiño un ojo mientras cierro la puerta, pero no me siento ligero por la forma en que nos separamos. Para nada.

Charlie tiene dudas y no me gusta nada.

Charlie

Necesito un paseo para despejarme la mente. Y recoger las vitaminas prenatales, de todos modos.

Voy caminando por la acera cerca de la tienda de Adele cuando noto algo extraño. Estoy en la parte trasera de la zona comercial, donde una puerta de la tienda se abre a un callejón y a un contenedor de basura. La puerta está entreabierta, pero no hay luces encendidas. Como si alguien se hubiera olvidado de cerrarla correctamente.

Me acerco con el ceño fruncido. ¿Está Adele dentro? ¿Se olvidó de cerrar la puerta trasera? No parece algo que mi concienzudo y responsable amiga haría. Su socio de negocios es otra historia.

—¿Hola? —Llamo, empujando la puerta para abrirla. Espero un momento, pero no hay respuesta. Frunzo el ceño y cierro la puerta del todo. No le echo llave, pero es lo mejor que puedo hacer. Entonces le envío un mensaje a Adele:

Ey, ¿estás en la tienda? La puerta trasera estaba abierta. Pero no hay luces encendidas.

Merodeo por el callejón trasero durante un minuto más o menos para ver si Adele responde el mensaje. Un viento frío serpentea mientras espero. La temperatura ha bajado junto con el sol, así que me subo el cuello del abrigo. Debería haberme puesto más ropa o una bufanda antes de salir de casa. ¿Estará bien el bebé en el frío? Todavía es tan pequeño en mi vientre. Hay tantas cosas que no sé sobre ser mamá.

Reviso mi teléfono y todavía no hay respuesta de Adele, así que sigo caminando. Espero que lea mi mensaje y venga a cerrar la tienda correctamente. Es extraño que haya dejado abierta una puerta, probablemente fue el idiota de Bing.

A unos pasos del callejón, siento que alguien está detrás de mí. Me doy media vuelta, pero solo hay sombras.

—¿Hola? —digo, pero no hay movimiento alrededor de los contenedores. Podría haber jurado que alguien estaba allí. Me froto la nuca. Tuve el mismo tipo de sensación cuando el lobo me seguía. Por supuesto, ese lobo era en realidad Lance y mira cómo resultó.

A mitad del callejón, se oye el rugido de un motor y aparece una furgoneta grande con las luces apagadas.

—¡Oye! —grito, para asegurarme de que el conductor sepa que estoy aquí, mientras me escabullo a un lado del callejón, dirigiéndome a un lugar seguro cerca de un grupo de contenedores de basura. Quedo frente a la furgoneta oscura, caminando hacia atrás, cuando me topo con algo cálido y sólido—. ¡Vaya!

Me doy vuelta y retrocedo. La silueta sombría se cierne

más cerca: un hombre con pasamontañas. *¿Qué demonios...?*
Me alejo sobresaltada, casi cayendo. Se me cae el teléfono
de la mano y gira por el pavimento. Me lanzería a por él,
pero el matón sigue viniendo hacia mí.

Me doy la vuelta para echar a correr, pero la furgoneta
me impide escapar. Sus luces siguen apagadas, y en la oscuridad, quedo atrapada entre el matón y la furgoneta. Poco a
poco me doy cuenta de lo que sucede. Abro la boca para
gritar cuando el matón se abalanza y me golpea en la
cabeza. El mundo desaparece.

* * *

Lance

Dejo de llamar a la puerta principal de la casa de Charlie y
me dirijo a la puerta trasera con la adrenalina a tope. Como
Charlie no ha respondido mensajes ni llamadas, le envío un
mensaje a Deke: *¿Sadie ha tenido noticias de Charlie? No
contesta llamadas.*

Sé que quería pasar un tiempo a solas, pero cuando no
me respondió el mensaje, me preocupé. Me devano los
sesos, tratando de averiguar a dónde más podría haber ido.

Deke responde: *Sadie no sabe nada. Channing está en
ello.*

Channing puede rastrear el teléfono de Charlie.

Abro la puerta trasera a la fuerza y camino a toda prisa
por la casa. Luces apagadas, todo en silencio. Ni rastros de
Charlie. Mi lobo se inquieta.

—Tómatelo con calma —le digo en voz alta—. Ella está
bien. Solo fue a dar un paseo. O está haciendo un recado,
sin su coche.

Suena mi teléfono. Cuando contesto, Channing me informa sin esperar un saludo:

—Los datos celulares dicen que está en Taos. Ahora.

Salgo trotando de la casa y bajo por la acera, obligándome a no correr.

Ella está bien. Ella está bien.

—Está cerca de The Chocolatier. La tienda de Adele —agrega Channing.

Me alivio. De todos modos, me echo a correr, mi lobo está desesperado por ver a Charlie. Cuando llego a la tienda, vuelvo a llamar a Channing.

—¿Dónde?

Channing no necesita que diga más.

—Por atrás. En el callejón. Llamaré.

Corro a la parte trasera. El aroma de Charlie está de vuelta aquí, una mezcla de aroma anterior y otro reciente, pero ella no está. El fondo de mi estómago se desploma y el pavor me eriza la piel.

Joder. No suena el teléfono. Camino por el callejón captando el dulce aroma de Charlie. No tengo que convertirme en lobo para usar mi olfato. Los olores son más claros cuando estoy en forma de lobo, pero no me arriesgaré a que alguien vea un lobo gigante cerca de la plaza. No, a menos que tenga que hacerlo.

Entonces veo el teléfono junto a un montón de contenedores de basura. El teléfono está roto, pero es de Charlie. Huele a ella. Hay otro olor cerca, alguien con un olor grasiento y a diesel.

Un gruñido sale de mí. No puedo contenerme. Mi lobo está jodidamente frenético. Agarro el teléfono y me agacho en el pavimento donde hay rastros de su aroma y los débiles olores persistentes de dos hombres extraños. El rastro termina en el callejón donde el olor a diésel es más fuerte.

Algo anda mal. Charlie se ha ido.

* * *

Charlie

Poco a poco, vuelvo en mí. El aire limpio me baña la cara alternando con ráfagas de humo de diésel. Tengo una mordaza en la boca, las manos detrás de mí atadas fuertemente, y estoy acostada de lado. Un dolor agudo irradia en mi cabeza desde un punto en el cráneo. Cuando trato de abrir los ojos, el húmedo bollo de tela que me llena la boca me da arcadas.

Oh, Dios, el bebé. Me encorvo como si pudiera protegerme el abdomen. Mis entrañas se sienten bien, tan bien como pueden sentirse estando atada y desesperada por beber agua. Las cuerdas que me atan me lastiman la piel; me palpitan los flancos con una colección de moratones que no tenía hoy al despertarme, pero estoy viva. Por ahora.

¿Qué pasó? Me palpita la cabeza mientras repaso... La tienda, los hombres extraños, un golpe en la cabeza. ¿Interrumpí un robo? ¿Qué pasó?

Me lo pregunto durante lo que parecen horas. Eventualmente, la furgoneta se detiene. En el repentino silencio, intento gritar, pero tengo la garganta demasiado seca y la mordaza amortigua todo sonido.

Oigo un chasquido agudo de una lona al correrse y una luz brillante cae sobre mi rostro.

Un hombre Lance palabrotas.

—La has cagado trayéndolala. Black Wolf nos va encontrar.

—¿Quién?

La lona cae y la luz desaparece, llevándose el resto de la conversación. Me esfuerzo para oír, pero todo lo que escucho son murmullos. Flexiono los dedos, tratando de probar mis ataduras, pero se mantienen firmes, escaldándome la piel.

Black Wolf nos va a encontrar. ¿Tiene algo que ver con Black Wolf Security? La esperanza resurge en mi pecho como una bengala en la oscuridad. Lance y su manada me salvarán. Tienen que hacerlo. La alternativa es impensable.

Pero a medida que la furgoneta avanza, mientras tiemblo de frío y por la adrenalina, otro pensamiento me asalta. ¿Y si me secuestraron *por culpa* de Black Wolf?

Lance y su manada andan metidos en negocios muy peligrosos. Vi la forma en que el cuerpo de Lance fue acribillado a balazos. Si alguien descubriera que tiene una pareja, o peor aún, un hijo, nuestra familia sería un objetivo para una venganza. Para cualquier cantidad de cosas en las que ni siquiera quiero pensar.

* * *

Lance

Entro en el cuartel general de la manada con el pecho agitado como si hubiera venido corriendo desde el pueblo en lugar de conducir mi Ducati como un maníaco y luego dejarla tirada en el jardín delantero.

—¿Novedades? —espeto, irrumpiendo en la sala de operaciones.

La gran silueta de Channing se inclina frente a una pantalla entre varias. Tiene unos auriculares enormes y no se percata de mi llegada. Rafe me intercepta con una mirada vacía en el rostro.

—Tenemos imágenes de las cámaras de seguridad. —Rafe me lleva a su despacho—. Las cámaras de seguridad en el callejón captaron esto. —Apunta con un control remoto a una pantalla montada en la pared. Las imágenes borrosas son un pequeño cuadrado en el centro, pero muestran claramente el cuerpo inerte de Charlie cuando es cargado en una furgoneta anodina por dos hombres encapuchados.

Echo la cabeza hacia atrás y aúllo. Mi lobo, a flor de piel, amenaza con estallar. Pero no ayudará a Charlie. Necesito permanecer en forma humana.

—Quieto —ordena Rafe, acercándose.

Aprieto los dientes, cada músculo se tensa. Quiero golpearme, gritar, correr mil millas. Cualquier cosa para salvar a Charlie y a mi cachorro. Cualquier cosa para detener la letanía constante que me martilla la cabeza. *Es mi culpa. Es mi culpa que se la hayan llevado. Es mi culpa que estén en peligro.*

—No es tu culpa, soldado —afirma Rafe, y me doy cuenta de que dije mi letanía en voz alta.

—Se la llevaron, sé que se la llevaron. —Doy vueltas—. Tenemos que averiguar dónde.

—No sabemos quiénes son.

—Tiene que ser Vincent Sarcero. —Nombro al traficante de armas que robamos en nuestro último trabajo—. Él se dio cuenta y nos está persiguiendo para vengarse. ¡Joder! —Exploto y golpeo la pared. El panel de yeso se abolla bajo mi mano en un estallido de polvo blanco.

—Contrólese, soldado —ordena Rafe, y me vuelvo hacia él con un gruñido. Cuando gruñe más fuerte, tranquiliza un poco a mi lobo. La presencia alfa y dominante de mi hermano ayuda—. No sabemos nada de momento. Y volverse un lobo completo no ayudará a Charlie.

Tiene razón. Joder. Tengo que mantener la compostura.

—¿Qué sabemos de la zona cero? —pregunta Rafe refiriéndose al lugar del secuestro.

Me enderezo y respondo:

—Había olores de dos hombres. Los del vídeo. Nadie más. Todos los demás olores eran más antiguos. —Me froto la cara con una mano—. A estas alturas ya podrían estar muy lejos del pueblo.

—He pedido todo tipo de favores. Channing pudo obtener las placas de la furgoneta y la policía está en alerta. Channing monitorea su escáner.

—¿Qué más?

—He hecho llamadas al coronel y a los King... —Su voz se apaga cuando Deke entra por la puerta, rodeando a Sadie con sus brazos. La pequeña humana ve el sitio donde golpeé la pared y sus ojos se abren de par en par.

—Diles lo que sabes, cariño —murmura Deke.

Sadie traga saliva dos veces y aparta los ojos de la pared.

—Llamé a Adele y saltó el buzón de voz. Tabitha se dirige a su casa ahora.

—La tienda estaba abierta —dije—. Podrían haberla estado esperando. —Me paso una mano por el pelo, temblando con las ganas de moverme.

Rafe me pone una mano en el hombro.

—Conserva la calma. Pronto tendremos un objetivo.

—Tengo información —dice Channing—. Kylie King está en línea.

Nos amontonamos en la sala de operaciones, donde una de las pantallas muestra el rostro pálido de Kylie King. No se parece a la mamá relajada que Charlie y yo vimos en pantalla en Los Cabos. Lleva el pelo recogido y el ceño contraído, los ojos sombreados por unas gafas amarillas sin montura. Se oye un furioso repiqueteo de teclas de ordenador.

—Estoy rastreando en la red profunda en este momento —informa sin levantar la vista—. Tengo registros que marcan cualquier mención a Charlie, Black Wolf Security y cualquier cosa en las cercanías de Taos.

—¿Y sobre Vicente Sarcero? —interrumpo.

Kylie arruga la nariz y niega con la cabeza.

—Hay un rumor de que está muerto.

—¿Muerto? —Deke y yo repetimos al mismo tiempo.

—Nada confirmado. Todavía no —dice Kylie—. Estoy trabajando en ello. Dame un minuto. Te conseguiré más datos.

—Gracias, Kylie —dice Rafe.

—Por nada. —Kylie se toma un segundo para mirar la pantalla. Su rostro se enternece por un instante cuando me ve—. La recuperaremos, Lance.

Logro asentir con la cabeza antes de que la pantalla de Kylie se apague.

Rafe se para frente a las pantallas sosteniendo su teléfono.

—Acabo de hablar con el coronel Johnson. Un equipo de asalto logró abatir a Vincent Sarcero a primera hora de la mañana. Su organización está sumida en el caos.

—No me digas —refunfuña Deke—. Así que no puede ser él.

—No, a menos que haya dado la orden antes de morir. Pero lo dudo.

Vincent Sarcero encabezaba mi lista de sospechosos. Si no secuestró a Charlie, ¿quién lo hizo?

* * *

Charlie

Después de un largo viaje que dura una eternidad, la furgoneta reduce la velocidad y se detiene; algunos perros ladran y un hombre les grita hasta que se callan.

Joder. Escucho en busca de pistas de dónde estoy y quién me ha secuestrado, pero me estoy volviendo loca.

La rampa de la furgoneta desciende con un ruido metálico y unas ásperas manos me arrastran hacia afuera. Me retuerzo, pero realmente no puedo moverme ni luchar.

—Tranquila, cariño —murmura uno de ellos, levantándome. Jadeo con la mordaza, mi cabeza se vuelve ligera como un globo. Me clavo las uñas en las palmas de las manos, tratando de ralentizar la respiración.

Mientras intento evitar hiperventilar, el tipo me lleva a un almacén oscuro zigzagueando alrededor de algunos vehículos y equipos.

—¿Es ella? —pregunta otro. Mi captor gruñe.

Los escalofríos suben y bajan por mi espina dorsal. *¿Es ella?* ¿Me buscaban a mí? La idea de que esto se relacione de alguna manera con el negocio de Lance vuelve a cobrar sentido. Pero si así es, me encontrará. No nos dejará morir a mí y a su cachorro. O al menos hará todo lo que esté a su alcance para recuperarnos. Estoy segura de ello.

Solo tengo que sobrevivir.

Por favor, por favor, Lance. Ven rápido.

—Por aquí. —El segundo hombre abre una puerta de una patada y el primero me lleva adentro, donde me deja en el suelo de cemento. Hay algunos restos de basura, pero nada más, nada más que oscuridad y el olor agrio y penetrante de mi propio sudor.

Cuando la puerta se cierra, me quedo, todavía atada y amordazada, reflexionando sobre mi destino.

* * *

Lance

Miro fijamente las pantallas de la sala de operaciones deseando poder ayudar. Mi lobo se ha calmado, la sensación de malestar en el estómago ha desaparecido reemplazada por el frío entumecimiento que siento justo antes de la batalla. Ahora hay silencio, el único sonido proviene de los gruesos dedos de Channing deslizándose por un teclado. Para ser un cabrón enorme que se parece más a una topadora que a un cerebrito, es bastante bueno con las computadoras.

Doy un respingo cuando Kylie parpadea de nuevo en la pantalla.

—Hay movimiento en Taos. ¿Alguien conoce a un Christopher Ford? —pregunta.

—Sí —dice Rafe—. Es el socio comercial de Adele. Es dueño del cincuenta por ciento de su chocolatería.

—¿Te refieres a Bing? —pregunta Sadie.

—Correcto —confirma Rafe—. Es un adicto a la marihuana y un traficante de poca monta, pero es inofensivo. Le investigué a fondo hace un tiempo. —Por supuesto que lo hizo. Rafe no sería mi hermano mayor si no fuera un fanático del control, súper paranoico. Aunque no está claro por qué investigó la vida de Adele. No importa, en este momento, le quiero por eso.

—Bueno, parece que pasó de la marihuana a la metanfetamina, al menos en los últimos meses —informa Kylie—. Se ha involucrado con algunos tipos malos. Tipos realmente malos. Hay una recompensa por su cabeza.

Sadie jadea y Deke la acerca, sosteniéndola con un brazo alrededor de su cintura.

—Alertaré a la policía —dice Rafe con voz áspera, saliendo de la sa;a con el teléfono pegado a la oreja.

Joder, ¿es posible que este asunto no tuviera nada que ver con nuestra misión? ¿Que un gamberro cayera en la mala vida y Charlie se encontrara en el lugar y momento equivocados?

Los minutos pasan.

—Joder —dice Channing, bajándose los auriculares—. El escáner de la policía está que arde. Están fuera de la casa de Christopher Ford. Hay un cadáver.

Salto de pie con un rugido.

* * *

Charlie

Cuanto más tiempo permanezco tumbada en el suelo de cemento, más frío tengo, pero no hay mucho que pueda hacer al respecto. *Por favor, por favor, bebito. Por favor, estate bien. Mamá lo va a resolver.*

Cierro los ojos con fuerza. No puedo llorar. Necesito la humedad. Recuerdo lo que me dijo Lance. Los bebés metamorfos son fuertes, ¿verdad? Puedo ser fuerte por mi bebé.

Pero me sobresalto cuando la puerta se abre y entra un poco de luz. Mi corazón se estrangula en mi pecho.

—Está despierta —le dice el tipo a alguien. Se agacha a mi lado. Esta vez se ha quitado el pasamontañas. Es un tipo de piel clara con barba sucia y rasgos insípidos. Se acerca a mí y me estremezco. No es como si pudiera levantarme y salir corriendo. Me engancha una muñeca con una esposa a un anillo colocado en el suelo de cemento y luego corta las cuerdas. Me aparto lo más rápido que puedo, no mucho, y me apoyo contra la pared. Yo misma me saco la mordaza. Ojalá pudiera escupir el horrible sabor, pero tengo la boca demasiado seca.

—Bebe. —Me acerca una botella de agua. Espera a que le mire y le quita la rosca. Cuando la sostiene para mí, no me muevo. Con un breve suspiro, la deja en el suelo y retrocede para que pueda agarrarla yo. Me obligo a moverme lentamente, sosteniendo la botella con ambas manos. El primer sabor es el cielo y dejo que me moje la boca antes de beber profundamente.

—Eso es mejor —murmura—. Empezamos con el pie izquierdo.

No me digas. Le miro con los ojos entrecerrados y se encoge de hombros.

—Las cosas no salieron como queríamos. No es nada personal. Pero tienes algo que queremos.

—¿Qué? —Todavía tengo la voz ronca.

—Los números de cuenta. Tu socio nos debe mucho dinero.

¿Mi socio? Me palpita la cabeza cuando inetnto pensar. ¿Qué negocio? Soy empleada de correos.

Mi captor sigue hablando.

—Se suponía que se reuniría con nosotros y nos daría lo que nos debía. Pero él no apareció y tú sí.

Entonces recuerdo la puerta de The Chocolatier abierta. Estos tipos me atraparon justo afuera. ¿Creen que soy Adele?

—¿Te refieres a Bing?

Ladea la cabeza.

—Sí, él.

—Pero no le conozco —le digo.

El rostro del hombre se endurece y presiono la espalda contra la pared.

—Escucha, cariño, si cooperas, te va a ir mucho mejor. Ya nos hemos cargado a tu socio.

¿Qué?

—¿Bing está muerto?

—Eso es lo que pasa cuando nos joden. Pero si cooperas con nosotros, te dejaremos ir.

Le miro fijamente, jadeando con la boca abierta, tratando de mantener la compostura. Este tipo está mintiendo. Le he visto la cara. Si le doy la información que quiere, estoy perdida.

Pero estoy perdida de cualquier manera. ¿Qué van a hacer cuando descubran que no soy Adele?

* * *

Lance

La calle del condominio de Christopher Ford rebasa de coches de policía. Vinimos en el Humvee y ni siquiera podemos acercarnos. Me quedo inmóvil en el asiento delantero, con las luces azules y rojas bañándome la cara, esperando a que Rafe vuelva. Mi hermano decidió conducir hasta la escena del crimen y quería que estuviera cerca. Mejor que quedarme de brazos cruzados, esperando información. Channing llamará tan pronto como sepamos lo que sucede.

Rafe regresa corriendo, zigzagueando entre los coches de policía para subirse al asiento del conductor del Humvee.

—No pude acercarme al cuerpo. Pero definitivamente está muerto.

Gruño y agarro la manija de la puerta. La policía no puede evitar que un lobo de más de ciento veinte kilos se acerque.

—No vayas —ordena Rafe—. No servirá de nada. La policía simplemente te arrestará. Ahora que sabemos que Charlie fue capturada en relación a esto, Channing y Kylie pueden rastrear a esos cabrones. Tan pronto como tengamos información, vamos. —Su teléfono suena y se lo pone en la oreja en menos de un segundo.

—Sadie recibió una llamada —gruñe Deke al teléfono.

—Tabitha me acaba de dejar un mensaje —dice Sadie—. Necesita ayuda. La policía acaba de detener a Adele para interrogarla sobre el asesinato de su socio.

—¡Joder! —grita Rafe, emitiendo una ráfaga de energía alfa a todos nosotros.

Así que tiene interés en Adele. O algún tipo de interés en este caso.

Pone el coche en marcha.

* * *

Charlie

La calma se apodera de mí.

—No soy Adele —le digo—. Y puedo demostrártelo. —Levanto la mano lentamente y señalo el bolsillo de mi chaqueta—. Voy a sacar mi cartera.

Él asiente con la cabeza y yo se la muestro, tirándola a sus pies.

—Soy Charlie Archman. Trabajo para la oficina postal del correo de los Estados Unidos —digo rápidamente.

—Joder —dice el hombre. Sus dedos mugrientos arañan mi identificación. Se levanta y cierra la puerta tras de sí. Me tumbo en la oscuridad.

Secuestrar a un empleado de correos es bastante malo, pero si el tipo intenta meterse conmigo, le diré que salgo con Lance Lightfoot de Black Wolf Security, y se dará cuenta de lo bien jodido que está.

Esta situación no fue culpa de Lance. No estoy segura de si es un alivio o es más preocupante, porque ni siquiera sé si Lance sabe que he desaparecido. Le he dicho que quería un poco de espacio. Podría estar dándomelo. Demonios, podría ser hasta mañana cuando no me presente a trabajar antes de que alguien sepa que estoy desaparecida.

* * *

Lance

Cuando regresamos al cuartel general, Deke apila los equipos en el césped. Lleva equipo táctico, con pintura negra en la cara. Sadie está de pie a unos metros de distancia, con los brazos envueltos alrededor de sí misma. Tan pronto como aparcamos, Rafe salta del coche y le abre la puerta a Adele. Ella sale con la cabeza en alto, seguida por Tabitha. En cuanto Sadie las ve, corre a darles un abrazo grupal.

—Adentro —ordena Rafe. Le ayudo a llevar a las damas al cuartel general. Rafe pidió más favores y consiguió que liberaran a Adele, mientras yo casi destrozo el interior del vehículo.

Channing se levanta para saludarnos quitándose los auriculares.

—¿Qué pasa? —pregunto—. ¿La has encontrado?

—Tengo una pista sobre dónde podrían estar reteniéndola. Bosque Nacional Carson. Teddy está en camino —informa Channing.

Gracias al cielo.

—Preparaos —ordena Rafe; Channing y yo salimos corriendo de la sala. Es el momento que he estado esperando.

Ya voy, Charlie. Espera.

Las humanas están reunidas en el porche cuando salgo al trote. A lo lejos, escucho los sonidos de un helicóptero que se acerca.

—Es mi culpa —dice Adele—. Esto tiene algo que ver con Bing. —Sus amigas permanecen a ambos lados de ella, abrazándola.

Rafe se detiene frente a Adele.

—No hay nada que pudieras haber hecho. No asumas la responsabilidad de lo que haga el enemigo. Todo esto es culpa suya.

Adele asiente, pero no parece convencida.

—¿Y cuál es el plan?

—Tenemos una idea de dónde está retenida. Iremos y la traeremos de vuelta.

Entonces Rafe hace algo que nunca pensé que le vería hacer: coge la barbilla de Adele y levanta su rostro para encontrarse con su mirada.

—Te prometo que la vamos a traer de vuelta.

Teddy tiene el helicóptero justo encima de nuestras cabezas, el viento de las aspas sacude los árboles y nuestro césped.

—Pero cómo... —grita Adele. Rafe posa un dedo en los labios de ella.

—Vamos a hacer lo que hacemos. Quedaos aquí. A salvo. —Retrocede, haciéndonos señas con la mano—. ¡Vamos!

* * *

Charlie

Un ruido me despierta y me estremezco. Tengo los músculos doloridos y rígidos por estar sentada. No es que pueda hacer mucho con la muñeca esposada al suelo. Al menos no sigo atada.

No hay luz que se cuele por debajo de la puerta. ¿Ya será de día? Después de beber el agua, me acurruqué lo mejor que pude y cerré los ojos. Debo estar muy deshidratada porque no he tenido que orinar. No estoy segura de si eso es bueno o malo.

Presiento, más que escucho, una presencia fuera de la puerta. Se oye un susurro y me pongo rígida. ¿Va a volver el tipo?

La puerta se abre con un chirrido y una gran sombra se cuela en el interior. Unos ojos brillantes en un rostro moteado de pintura se ciernen frente a mí, y una mano suave se posa en mi boca, sofocando el llanto.

—Charlie. —Sus brazos me rodean con fuerza. La respiración se agita en mi garganta mientras presiono mi cara contra su pecho, inhalándolo. ¿Es esto un sueño?

—Cariño, estoy aquí —la voz de Lance es un susurro—. Te vamos a sacar ahora. Vas a estar bien. —Me acaricia ligeramente, olfateando mi cuello—. ¿Estás herida?

—No —balbuceo. Intento rodearlo con los brazos, y las esposas repiquetean. Un gruñido retumba en lo profundo de su pecho debajo de mi oído.

—Espera. —Se oye un sonido metálico y luego mi brazo ya puede moverse libremente. El brazalete todavía sigue alrededor de mi muñeca, pero la cadena ya no está.

Lance me toma en sus brazos como un novio que carga a una novia.

—Agárrate a mí, cariño. Nos vamos.

La puerta se mueve ligeramente y dos ojos verdes brillantes nos miran. Me sobresalto y Lance me dice al oído:

—Tranquila. Es Rafe.

Puedo distinguir al lobo negro gigante justo afuera de la puerta. Baja la cabeza y se va.

—Él irá primero —susurra Lance.

Asiento con la cabeza y presiono mi cara en su cuello, inspirando bocanadas de su aroma para mantenerme con los pies en la tierra. Lance tiene pintura de camuflaje que motea su rostro y le cubre el cabello claro. Es un demonio en la noche. Pero no tan aterrador como ese gran lobo negro.

—¿Estás lista?

Le aprieto con más fuerza, sin confiar en mí misma para hablar. Sus músculos se flexionan debajo de mí y luego salimos a toda prisa. El viento en mi cara me dice que nos movemos más rápido de lo que cualquier humano podría correr. En unos momentos, estamos fuera del almacén. Un perro ladra a lo lejos, pero por lo demás la noche está en calma.

Una valla de tres metros de altura coronada con alambre de espino rodea el recinto, y el metal brilla plateado a la luz de la luna. Delante de nosotros, un lobo negro la salta en un paso de ballet elegante e imposible que me deja sin aliento.

—Atrápala —murmura Lance. El lobo repentinamente toma forma humana. Rafe está vestido con algún tipo de material elástico que hace las veces de calzoncillos, por lo que no está desnudo—. ¿Lista, Charlie?

—Um...

Lance me balancea en el aire como si Lancera un saco de patatas. Cierro los ojos y me preparo para la captura. Rafe me atrapa con tanta facilidad que apenas hay un impacto, y luego Lance salta por encima de la valla, esquivando fácilmente el alambre de espino. Me quedo boquiabierta, paralizada por su destreza. ¿De esto se trata ser un metamorfo? ¿Será así nuestro bebé?

Detrás de nosotros, los perros han empezado a armar jaleo. Rafe vuelve a su forma de lobo.

—Joder. —Lance me recoge y corre por el bosque. Miro por un segundo, mareándome, los árboles que pasan borrosos junto a nosotros—. Todavía no estamos fuera de peligro —dice.

—¿Qué va a pasar?

—Quería prender fuego ese lugar —me dice—. Convertirlo en tierra quemada. Pero Rafe prohibió un ataque. En unas horas, estará lleno de oficiales de la policía.

—Quise decir, ¿cómo saldremos de aquí?

—Vaya. Esa es la parte divertida. —Su sonrisa es tan amplia como siempre. Estoy más asustada que nunca en mi vida y Lance sonríe. Es otro día de trabajo para él. Vive en este mundo, toda su vida adulta la ha pasado en peligro.

¿La parte divertida?

Lance se detiene y se agacha detrás de una roca, conmigo todavía en sus brazos.

Alguien se agacha a nuestro lado.

—Ahí está. —Veo destellos blancos entre la pintura de camuflaje oscura. Channing me sonríe y me da una botella de agua. Lance la sostiene mientras bebo el líquido lo más lentamente que puedo.

—Tranquila, cariño. —Lance me da unas palmaditas en la espalda cuando jadeo y farfullo—. Te tengo.

Le abrazo con fuerza, apretando los ojos para contener las lágrimas. Ahora estoy a salvo. Lance me rescató. Voy a estar bien.

—Vamos, prepárate para correr —murmura Channing. Esconde la botella vacía en una mochila y saca una radio—. Eco-1, aquí Alfa-10, solicito que recojan el paquete.

Lance me coloca en sus brazos para que Channing pueda entregarle el dispositivo.

—Eco 1. tenemos el paquete. Es hora de entregarlo —repite Lance. Detrás de nosotros, en el complejo donde estuvimos, las luces se han encendido y los ladridos de los perros son cada vez más fuertes.

—Entendido. —La radio zumba con la respuesta y la estática—. Eco-1 en camino. Alfa-10 a la espera.

Cuando miro hacia abajo, hay un gran lobo con manchas blancas en el sitio donde estaba Channing. El lobo me sonríe, coge la mochila con la boca y se aleja de un salto.

—Esto es todo, nena. Casi nos hemos ido de aquí. —Lance se pone en marcha. Estamos en una montaña y nos dirigimos a un terreno más alto, donde se oye el ruido sordo de las aspas de los helicópteros. Un helicóptero sobrevuela un afloramiento rocoso y nos apresuramos hacia él.

—Sujétate. —Cuando Lance se Lance a toda velocidad, veo los árboles pasar volando otra vez. Atravesamos la maleza y subimos al helicóptero que nos espera. Teddy ha llegado. Pero no hay rastro del lobo negro, ni del marrón y blanco. Ni de Rafe, ni de Channing.

—¿Y los otros? —grito por el ruido del motor y de los rotores.

—Pueden cuidar de sí mismos —grita Lance. Salta al helicóptero y se acomoda en un asiento, abrazándome con fuerza. Asegura su propio cuerpo al asiento, sin dejar de sostenerme. No creo que me deje ir—. Lo siento mucho, cariño —dice. No sé cómo le oigo con el rugido de las aspas, pero lo hago—. Ya casi terminamos.

Me castañetean los dientes de frío y adrenalina, pero estoy viva. Estamos en el aire, volando hacia la noche.

Sin embargo, antes de que pueda suspirar de alivio, se oye un silbido largo y bajo que se convierte en un horrible ruido. Después, el impacto. El helicóptero se estremece y se tambalea hacia un lado.

—¡Joder! —Lance me agarra con más fuerza.

—¡Abortar misión! —grita Teddy. Todo se mueve en cámara lenta. Apenas puedo ver en las sombras, pero siento que Lance mete la mano detrás de nosotros y agarra algo. Antes de que me dé cuenta, estamos fuera del asiento y Lance me ata a él.

—¿Qué haces? —grito.

—Vamos a caer —grita Lance.

No. No podemos caer. No estoy lista para morir. No cuando tengo tanto por lo que vivir, esta pequeña vida que crece dentro de mí lo es todo para mí.

El helicóptero se inclina y nos tambaleamos contra el asiento. Grito y se me revuelve el estómago. El helicóptero cae en picado.

—¡Sujétate! —El agarre de Lance sobre mí es brutal. El viento me abofetea la cara; apenas puedo ver. Lance empuja hacia el lado abierto del helicóptero y salta. Mis gritos se pierden en las ráfagas de viento.

No puedo morir. Por favor, que Dios no me deje morir. Por favor, que Dios me permita vivir a mí y a este bebé, que haré cualquier cosa para protegerle.

De repente, el mundo queda en silencio y flotamos en la noche, con las estrellas que centellean en lo alto. Es casi pacífico estar en esta ráfaga de viento. Y luego, de alguna manera, Lance nos da la vuelta y quedo mirando el valle. Estamos cayendo. En caída libre. Vamos a morir.

Grito su nombre cuando un estallido rompe el silencio.

Muy por encima de nosotros, el helicóptero explota. Una explosión aguda, un estruendo penetrante. Luz que astilla la noche. Lance se encorva sobre mí, que atada a él de alguna manera, le agarro con fuerza.

—Agárrate, Charlie. —Las palabras me llegan lentamente por el zumbido de mis oídos. Tengo la cara entumecida. El viento de la noche es gélido y parece afilado como una cuchilla, luego siento un gran sacudón que me detiene el corazón. El paracaídas se despliega sobre nosotros. Quedamos suspendidos en el aire, muy por encima del valle. Debajo de nosotros, las carreteras y las casas son luces parpadeantes que reflejan las estrellas.

—Te tengo, cariño. —Los ojos de Lance son un faro en la noche—. Te tengo. —Me abraza fuerte mientras flotamos bajando a tierra.

* * *

Charlie

El día amanece brillante y frío. Lance y yo viajamos en la parte trasera de un gran camioneta Yukon negra. Después de aterrizar, Lance nos liberó del paracaídas, me levantó y fuimos hasta la carretera. No pasó mucho tiempo hasta que Deke llegara con Teddy ya en el asiento delantero.

—Rafe y Channing escaparon sanos y salvos —informa

Deke de inmediato—. La policía ya ha irrumpido en el complejo. Encontraron un maldito lanzagranadas.

—Sí, ya lo imaginábamos. —Teddy se ríe. Para un tipo al que le dispararon en el helicóptero, es bastante tranquilo. Su enorme cuerpo se apretuja en el lado del pasajero y cada vez que se mueve, el asiento cruje, pero está relajado, sonriendo como si estuviera de vacaciones.

¿Yo? No puedo dejar de temblar. Estoy en los brazos de Lance, arropada a su lado. Los dientes también me castañetean.

—¿Tienes frío, cariño? —pregunta Lance.

Me encojo de hombros. Tengo la piel entumecida. Lance se encuentra con los ojos de Deke en el espejo retrovisor. Deke asiente con la cabeza y pulsa un montón de botones. Un segundo después, sale aire caliente y Lance me apunta con los sopladores. Pero no puedo sentir nada.

—Iremos al hospital para que te examinen. Y al bebé.

—Vale. —Mi voz suena lejana. Mis oídos siguen estallando, probablemente por la explosión, la explosión de un helicóptero justo encima de mí.

—Lo siento mucho, Charlie —dice, a pesar de que nada de esto fue su culpa. A pesar de que él me salvó. Me besa la sien por millonésima vez.

Quiero dejar que me cuide, como acaba de hacerlo. De la forma en que lo ha hecho desde el momento en que nos conocimos. Pero parece que no puedo dejarle entrar. Es como si el miedo me hubiera calado hasta los huesos y no quisiera irse.

Capítulo Quince

ance

LA la mañana siguiente, Charlie se agita contra mi pecho. Ayer ella estaba a un millón de millas de distancia mientras lidiábamos con las secuelas del secuestro. Retraída. Aparentemente entumecida. Casi en blanco.

Me he asustado muchísimo, y nada me asusta.

Para empeorar las cosas, ha tenido pesadillas durante la noche, se ha despertado con gritos de sobresalto, temblando en mis brazos mientras la abrazaba y le recordaba que estaba a salvo.

Ahora, Charlie abre los ojos y luego su mirada se aparta de mí. Mi pulso se acelera.

—¿Charlie? Háblame, cariño. Sé que no estás bien.

Se sienta y balancea las piernas sobre el lateral de la cama, dándome la espalda. Lleva una de sus camisetas raídas y un par de bragas. Anoche no tuvimos sexo y parece que tampoco lo tendremos esta mañana.

Suspira.

—No, no lo estoy. —Cuando se gira para mirarme, veo dolor en sus ojos—. Lance, lo que me pasó fue una especie de llamada de atención... —Se pasa una mano por la cara—. No puedo lidiar con situaciones de alto estrés. No cuando tengo que pensar en el bebé.

—Por supuesto que no, cariño. Nadie debería tener que lidiar con lo que te sucedió. Fue horrible.

Sus labios se aprietan y deja caer los hombros.

—Tú *puedes* lidiar con eso. —No sé por qué sus palabras suenan como una acusación en lugar de un elogio.

—Soy casi indestructible, Charlie, y me entrené en el ejército toda mi vida adulta. He estado en situaciones peores antes.

—Sí —murmura—. Tengo la sensación de que te enfrentas a situaciones como esa todos los meses.

La miro fijamente, con un nudo en el estómago. ¿A dónde va con esto?

—¿Estoy en lo cierto? —pregunta.

Asiento con la cabeza.

—Sí. Pero como sabes, no soy humano. Es diferente.

Charlie gira la cabeza hacia otro lado, parpadeando rápidamente. Mi cuerpo se tensa. Mi pareja llora... por mi culpa.

—No quiero pensar en ti por ahí, estrellándote en un helicóptero en llamas. O que te disparen en todo el cuerpo. Es decir, dijiste que eras *casi* indestructible. Te pueden matar, ¿verdad?

Alzo las manos y me levanto de la cama.

—Charlie, a cualquiera lo puede matar en cualquier momento. No hay que darle tantas vueltas.

Charlie también se levanta, se retuerce los dedos.

—No es lo que quiero —espeta.

Me quedo inmóvil.

—¿A qué te refieres? —pregunto en voz baja, el pavor me recorre las venas con tentáculos helados.

—Tenía un plan, ¿recuerdas, Lance? —Tiene los ojos aún inundados de lágrimas no derramadas, le tiembla la voz.

Trato de tragar saliva y no lo consigo.

—Lo recuerdo.

—Se suponía que mi vida iba a ser aburrida y estable. Quiero recuperar esa vida. La necesito. —Se sigue retorciendo los dedos, juntos ahora, y me rompe el corazón. Quiero acercarme y estrecharla en mis brazos, pero retrocede—. No puedo soportar la preocupación. Crecí siempre preocupada de si uno u otro de mis padres regresaría a casa. Y ahora me sucede con Chad también. No puede pasarme contigo. Y tampoco quiero que nuestro hijo tenga que vivir esa vida.

—Charlie... —Empiezo a caminar alrededor de la cama, pero ella levanta la mano.

—Por favor. Déjame que me desahogue. —Ahora las lágrimas se derraman, dos por una mejilla, otra por el costado de su nariz—. Lance, cuando me secuestraron ayer, los tipos mencionaron a Black Wolf.

Frunzo el ceño.

—Creo que es solo os tenían miedo, pero en ese momento, pensé que tal vez me habían secuestrado *por* tu culpa. Porque alguien se enteró de que yo era tu pareja y querían usarme para llegar a ti.

Me froto la cara con una mano.

—Sí, yo también lo pensé —admito.

El mayor error de la historia. Los ojos de Charlie se abren de par en par y ella se tapa la boca, retrocediendo a trompicones.

—Tenía razón —se ahoga.

—No, espera, ¿tenías razón en qué? —Me acerco a ella, pero no la toco. Está demasiado a la defensiva, con el brazo alrededor de la cintura para protegerse.

—Lo que haces... tus misiones... Son peligrosas. Y me ponen en peligro. Ponen a nuestro bebé en peligro.

—No... —le digo, pero es mentira. Tiene razón. Tiene toda la razón, y es como si me clavara un cuchillo en el estómago.

—Lance, no puedo seguir contigo. Eres maravilloso en la cama. Eres increíblemente dulce y protector, pero no es suficiente —susurra—. No era lo que yo quería. No es lo que necesito.

El corazón se me sale del pecho y cae al suelo a nuestros pies.

—Seré lo que necesites, Charlie —le digo con sabor amargo en la boca.

—No puedes. Lo siento, Lance. Yo soy... —Hace un gesto hacia la nada—. Los atardeceres en Los Cabos son agradables, pero no suficientes.

Yo no soy suficiente. Rafe tenía razón. No tengo lo que se necesita para ser padre.

Recibir balazos fue menos doloroso que esto.

Mi lobo está aullando tan fuerte que apenas escucho las siguientes palabras de Charlie.

—Me voy a ir.

El pánico me oprime el pecho.

—¿Qué? ¿Adónde?

—Tengo un plan. Puedo quedarme con mis padres en Arizona, que están jubilados. Pueden ayudarme a cuidar al bebé cuando nazca. —Se da vuelta, abre las puertas del armario y saca dos maletas.

Las alarmas resuenan en mi cabeza, ahogando a mi lobo. El calor inunda mi cuerpo, casi haciéndome mover, no por la ira, sino por el peligro percibido. Estoy perdiendo a mi compañera. Estoy perdiendo a mi compañera y a mi cachorro.

Y no puedo detenerla.

—¿Cuándo? —Alcanzo a decir mientras la veo tirar la ropa en la maleta.

—Um, de inmediato. Creo que una ruptura limpia será más fácil para los dos. Después de lo que pasó, necesito distanciarme un poco de Taos. Pensé que este sería un buen lugar para criar a mis hijos, pero estaba totalmente equivocada.

No le digo que dejarme es una imposibilidad. Quiero decir, puede irse, pero la seguiré. Pero eso solo la molestaría. Tengo que darle espacio. Charlie solo dijo que necesita un descanso. Tomar distancia. Tendré que evitar que mi lobo la siga.

No sé cómo lo haré, el instinto de protegerla a ella y a ese cachorro por nacer es tan fuerte que podría matarme. ¿Puede un lobo apareado sufrir la locura lunar?

Joder.

—Está bien —me oigo decir por encima del zumbido en mis oídos—. Entiendo. —Me pongo la ropa. Es mentira. No entiendo. No entiendo nada.

O tal vez sí.

Rafe tenía razón, todo el tiempo. Si no soy lo suficientemente responsable como para cuidar de mí mismo, ¿cómo podría imaginar que lo soy para cuidar a una compañera y a un cachorro? Charlie no cree que pueda manejarlo, es obvio.

Soy el tipo con el que se divirtió. El tipo al que llamar para tener buen sexo y muchos orgasmos, pero yo no soy el tipo con el que quiere sentar cabeza. No soy el tipo en quien confía para mantenerla a ella y a su familia a salvo. No soy el médico, el dentista o el contador que sabe cómo entrenar a los niños de las ligas infantiles y nunca ha empuñado un arma.

Meto los pies en las botas.

—¿Puedo ayudarte a empacar? —Mi voz suena áspera, cansada.

Charlie niega con la cabeza.

—No. —Hay lágrimas en su voz—. Sería más fácil para mí si te fueras.

Intervengo con ganas de besarle la cabeza o la sien antes de irme, pero se pone rígida y me detengo.

Joder.

—Adiós —murmuro de camino hacia la puerta.

—Adiós —se ahoga.

Y luego se acabó.

* * *

Charlie

Vomito tan pronto como Lance se va. Después empiezo a llorar. No tenía idea de que terminar con él podría ser tan horrible, pero no puedo continuar.

Llamo a Sadie para que venga a ayudarme con las maletas. Tabitha se ha quedado con Adele, y después de lo que Adele ha pasado, no quiero molestarla. Su socio está muerto y ella fue interrogada por el asesinato. Ya tiene suficiente.

Pero cuando suena el timbre de mi puerta, mis tres amigas están paradâs afuera. Y me vuelvo a desmoronar.

Pasamos toda la mañana y la mitad de la tarde metiendo todo lo importante en mi Subaru. El resto lo recogeré cuando venda la casa. O cuando mi corazón no se rompa en un millón de pedazos y sea capaz de pensar con claridad.

—¿Estás segura de que es lo correcto? —Sadie sigue preguntando—. Quiero decir, mírate. —Me hace un gesto con la frente arrugada por la preocupación—. No has parado de llorar en todo el día.

—Lo sé. Son las hormonas. Estoy segura.

—No creo que sean solo las hormonas. —Adele ladea una cadera, pero su rostro también se frunce con preocupación—. Charlie, tuviste un gran susto. Podrías haber muerto, y fue mi culpa. —Adele parpadea con la mandíbula tensa.

—No, no lo fue —interrumpo.

—Nunca debí haberme involucrado con Bing. Se suponía que era a mí a quien secuestrarían.

—¡Eso no lo hace tu culpa! —exclamo—. No se trata de culpas. Fue solo una llamada de atención para mí sobre el tipo de vida que quiero darle a mi hijo. *Necesito* estabilidad. Necesito estar con mis padres en su pequeña y tranquila comunidad de jubilados, donde no pasa nada emocionante y todo el mundo quiere hacer sonreír a un bebé.

No creo que a los niños se les permita vivir en comunidades de jubilados —dice Tabitha lentamente.

Hago una pausa. Puede que tenga razón.

—Bueno, mis padres me ayudarán a resolverlo. ¿Puedes cuidar de Merlín por mí un tiempo?

—Por supuesto —dice Tabitha.

—Gracias. —Fuerzo una sonrisa—. Lo recogeré cuando me mude.

—¿Pero qué pasa con tu trabajo? ¿Y con... nosotras? —pregunta Sadie en voz baja. Adele la rodea con un brazo y Sadie se acerca, sollozando. Joder, todas vamos a llorar cuando salga de aquí.

Cruzo la habitación y pongo mis manos sobre los hombros de Sadie.

—Os amo, chicas. Sí. Os quiero muchísimo. Pero realmente tengo que irme. Necesito... tiempo. —Y espacio.

—¿Y Lance? —pregunta Tabitha.

Me duele el pecho como si me hubieran apuñalado. Aprieto los dientes antes de contestar.

—No quiero hablar de él.

—Charlie... —Adele se detiene—. Conduce con cuidado. Llámame cuando llegues si quieres hablar.

—También a mí —dice Sadie.

—Y a mí. —Tabitha me abraza.

Intento tragarme la nueva ola de sollozos que me invade. Les doy un abrazo a cada una de ellas.

—Gracias a todas. Muchas gracias. Estaré en contacto.

Me subo al Subaru y enciendo el motor.

Al salir, veo un par de ojos azul plateado que brillan detrás de los arbustos de la valla.

Lance.

Trago saliva y se me escapa un sollozo. Otra vez.

Y luego me marcho.

✳ ✳ ✳

Lance

Después de que Charlie se marcha, le pido a Teddy que pilotee hasta dejarme ochenta kilómetros dentro del desierto y me deje allí. Me imagino que es la única forma en que puedo evitar seguir a Charlie, donde la mera supervivencia mantendrá a mi lobo ocupado por un tiempo.

Cuatro días después, regreso cojeando a la propiedad de Black Wolf, con las patas ensangrentadas, en carne viva, y el pelaje enmarañado de nieve.

Rafe sale furioso de nuestra casa cuando me ve.

—¡Transfórmate! —ordena.

Mi forma humana se siente aun peor que mi forma de lobo. Andrajosa y desgarrada. Apenas resiste.

Rafe me da un puñetazo en la nariz y caigo de desnudo en la nieve.

—Maldito bastardo egoísta —gruñe.

La sangre me brota de la nariz rota.

—No sabía si ibas a vivir o morir por ahí.

Me arrastro para ponerme de pie y resoplo, haciendo volar gotas de sangre.

—Claro. Porque el destino sabe que no soy capaz de sobrevivir por mi cuenta.

La boca de Rafe se vuelve hacia abajo y sus hombros se hunden.

—Joder, Lance. —Me da un fuerte abrazo.

No le devuelvo el abrazo.

Soy capaz de cualquier cosa menos pararme de pie y llenarme los pulmones de aire.

—Ya se le pasará —me dice.

Me aparto y sacudo la cabeza.

—¿Tú crees? Realmente no lo sé.

Y luego, de repente, parado allí, vislumbro una posibilidad. Lo que tengo que hacer para recuperar a mi pareja.

Dejar a Rafe. Dejar a mi manada. Dejar esta vida a la que ella se opone.

No puedo tener las dos cosas cuando Charlie lo dejó claro. No quiere criar a un hijo con un mercenario como padre. Quiere una vida sencilla, aburrida y segura. No cree que yo pueda dársela, pero puedo. Lo haré.

—Renuncio —le digo.

—¿Qué? —Rafe baja las cejas. Deke y Channing salen para pararse detrás de él en el porche de madera.

—Charlie no está de acuerdo con esto. —Hago un

círculo con el dedo en nuestra propiedad—. Y necesito cuidar de mi familia. Ahora tengo mi propia manada.

La expresión de Rafe oscila entre la confusión y el dolor.

—Joder.

—Joder —repite Channing.

—Lance —dice Deke, pero no agrega nada.

Subo los escalones y paso junto a ellos.

—Tengo que irme. Ya no soy tu responsabilidad. No voy a dejar que Charlie tenga ese bebé sola.

—Tienes razón. —La voz de Rafe detrás de mí me detiene. Me doy la vuelta.

—Por supuesto que tengo razón. Joder. Lo siento. —Niego con la cabeza—. No quiero decepcionaros, pero mi familia tiene que ser mi prioridad.

—Lo es —dice Deke en un profundo estruendo.

—Definitivamente —coincide Channing.

Camino a mi habitación para meterme en la ducha. Necesito limpiarme, comer algo y empacar.

Me voy a mudar a Arizona.

Capítulo Dieciséis

Charlie

—Charlie, cariño, creo que debería llevarte al médico. Todo este vómito no puede ser bueno para el bebé —dice mi mamá con la mano en la parte superior de mi espalda, mientras me inclino en el váter y me quedo sin aliento.

Si Lance estuviera aquí, se habría asegurado de que hubiera comido bastante antes de llegar a este punto.

Ese pensamiento me vuelve a sumir en una espiral de dolor.

Pensé que estar con mi familia, de alguna manera, haría que todo marchara mágicamente mejor. O al menos que tuviera sentido. Supongo que asocié tener hijos con mi propia familia, pero ahora que estoy aquí viviendo con mis padres en Green Valley, me siento más sola que nunca. O tal vez sea por el dolor en mi corazón que no desaparece.

Solicité un empleo en el servicio postal de aquí y de Tucson, pero no hay ninguna vacante de momento y me he pasado la última semana ayudando a mi madre con la jardinería, llorando y vomitando.

Así que sí, ha sido divertido. Corazón roto, embarazo, vivir con mis padres otra vez. Ah, y vomitar mucho. No lo recomiendo.

—Estoy bien. Solo necesito esforzarme para comer. ¿Hay más galletas?

—Voy a ver, cariño.

Suspiro y me lavo la cara en el lavabo.

Cuando salgo, mi mamá ha vertido galletas en un tazón Tupperware que pone sobre la mesa. Me desplomo en una silla y cojo una. Mi madre se sienta frente a mí.

—¿Has hablado con él?

Niego con la cabeza.

—No.

Francamente, me sorprende que Lance no se haya puesto en contacto conmigo. Pero luego recuerdo el dolor en su rostro cuando rompí con él. ¿Qué le dije? Ni siquiera puedo recordarlo, estaba tan conmovida de emociones y hormonas.

Solo pensar en él me pone a llorar otra vez. Extraño tenerle cerca. Su sonrisa despreocupada. La seguridad que siento en sus fuertes brazos. La forma en que me hace sonreír, me relaja, me cuida.

La galleta se siente seca en mi lengua.

—Creo que cometí un error, mamá.

—¿Con Lance?

Asiento con la cabeza.

—Con marcharme. Pensé que estar cerca de ti y de papá sería el mejor lugar para criar a un niño, pero ahora...

—Un niño necesita a su padre —dice mi madre.

Me desplomo en la silla otra vez.

—No tuve padre la mitad del tiempo. Y la otra mitad, no tenía madre —le digo—. Fue aterrador crecer preocupándome de que uno nunca regresara.

—Oh, Charlie. —Los ojos de mi mamá brillan con lágrimas—. Lamento que hayas sufrido. Nosotros también sufrimos. ¿Crees que no nos mataba cada vez que embarcamos dejar atrás lo más preciado que teníamos? Quiero decir, sabía que tu padre cuidaría bien de ti, pero ¿haría las cosas que yo haría por ti? Y luego me perdí todos esos meses de tu crecimiento. Tiempo que nunca recuperaré.

—Lo sé. Simplemente no quiero que mi hijo se preocupe por su padre de esa manera. Y Lance está en un negocio peligroso. Él y su hermano son mercenarios, podrían ser asesinados en cualquier momento.

Pero recuerdo que no es realmente cierto. Lance me dijo que es casi indestructible. Y vi lo rápido que se curó de docenas de heridas de bala.

—No hay nada perfecto, Charlie. Tu papá y yo hicimos lo mejor que pudimos. Eso es todo lo que tú y Lance también pueden hacer.

Dejo que sus palabras se asimilen, dándome cuenta de lo ciertas que son. Mi mamá era más joven que yo cuando quedó embarazada de mí. Estaba en la Fuerza Aérea, lo que hizo que formar una familia no fuera lo ideal. Quería algo mejor para nosotros, pero hizo lo que pudo.

—Entiendo que quieras proteger a tu hijo del dolor, pero el hecho es que nunca hay garantías cuando se trata de la vida. O el amor. Arriesgamos nuestros corazones cada vez que los abrimos, y créeme, este niño abrirá el tuyo de par en par. ¿Y honestamente? Me parece que el de Lance también.

—Sí —admito—. Lo ha hecho. —Las imágenes del hermoso rostro de Lance destellan delante de mis ojos. Cojo mi teléfono y lo miro fijamente. ¿Debería llamarle? ¿Decirle que voy a volver a Taos? Tal vez esté demasiado enfadado para llevarme de regreso.

Ese pensamiento me apuñala directamente en las entrañas.

—Yo también echo de menos a mis amigas. —Me doy cuenta en voz alta. Tabitha, Sadie y Adele son como hermanas para mí ahora. Si se necesita un pueblo para criar a un niño, ellas habrían sido mi pueblo. ¿Por qué me alejaría?

—Creo que tuviste un trauma. El secuestro te asustó y encendió tus preocupaciones sobre la vida perfecta para tus hijos. Te dieron ganas de huir y esconderte en un pozo, así que viniste aquí. Debemos haber hecho algo bien si tu lugar seguro todavía es con nosotros.

Suelto una carcajada acuosa.

—Sí, supongo que tienes razón.

Pero mi lugar seguro no es con ellos. Pensé que lo era. Mi lugar seguro es con Lance.

Todo el tiempo que estuve secuestrada, cuando me estaba volviendo loca, no dejaba de pensar que él vendría y me salvaría. Por supuesto que lo hizo. Y cuando las cosas salieron mal en el rescate, y parecía que íbamos a morir, me volvió a salvar. Fácilmente. Con una sonrisa. Lance no tiene miedo.

No es humano, no tiene los mismos miedos que yo.

Pero tiene necesidades. Y me dijo que una de ellas es estar cerca de mí, su compañera, y proteger a su cachorro.

Así que fue de lo más cruel dejarle. Llevándome su familia. ¿Cómo pude ser tan irracional?

Me froto la cabeza y mi mamá me da palmaditas en el hombro.

—Descansa un poco. Te sentirás mejor después de una siesta.

Vuelvo a la cama y me acurruco en una gran almohada.

Solo he cerrado los ojos durante unos minutos cuando mi madre asoma la cabeza en mi habitación.

—¿Charlie? Hay alguien aquí para verte.

¿Qué? ¿Quién vendría a visitarme aquí? No conozco a nadie en Arizona, aparte de mis padres.

—¿Quién? —Me levanto de la cama. Tal vez Tabitha, Adele y Sadie hicieron un viaje por carretera, pero Adele todavía está lidiando con las consecuencias de la muerte de su socio, y les dije a Sadie y Tabitha en privado que se quedaran para apoyarla. Pero subirse a un coche para hacer un viaje por carretera es algo que Tabitha haría.

—Solo ven a ver. —Mi mamá se aleja y me apresuro detrás de ella.

—¿Dijo qué quería?

—No. —Mi mamá me mira con los ojos entrecerrados, divertida—. Charlie, ¿pediste un coche nuevo?

—¿Qué? —Acelero mis pasos y me dirijo a la puerta. Mi mamá tiene razón. En el camino de entrada hay una minivan azul plateada reluciente. Flamante. Incluso tiene un lazo rojo en la parte delantera—. Dios mío. —Camino descalza por el camino de entrada. La minivan es más grande de cerca. Una monstruosidad del tamaño de un barco, diseñada para transportar niños y perros con una seguridad óptima. La fantasía de una mamá futbolera. Ni rastro de quién la trajo.

Se oye un pitido y me sobresalto cuando las puertas de la minivan se abren. Hay dos asientos de seguridad nuevos en la parte trasera. Uno está diseñado para un bebé, el otro para un niño pequeño. Lo sé porque he estado viento asientos de seguridad en internet. Un cochecito sale de detrás del coche, de color azul claro a juego con los asientos del coche. Empujando el cochecito está Lance.

—Hola, nena.

Me quedo boquiabierta en el pavimento.

—Mira esto. —Enrolla el cochecito hasta el asiento del automóvil del bebé y desengancha la parte superior de alguna manera—. Si el bebé está durmiendo la siesta y queremos meterlo o sacarlo del coche... —Un clic y coloca la sillita para bebés hacia atrás en el cochecito—. Pan comido.

—El cochecito y la silla a juego se convierten en uno. Lance levanta todo fácilmente para mostrármelo. —Se llama sistema de viaje para bebés, todo en uno.

Encuentro mi voz.

—Lo sé. Tengo uno en mi carrito de compras en línea. Lance, ¿qué haces aquí?

Se endereza. Tiene el cabello rubio alborotado y su rostro se ve más enjuto, casi demacrado. Inclina la cabeza para captar mi mirada, luciendo un poco inseguro. Pero sus ojos brillan cuando se encuentran con los míos.

—He venido a entregar nuevos asientos de seguridad. —Merodea por el camino de entrada, sexy como siempre. Se detiene a unos metros de distancia con las manos extendidas, los antebrazos y los bíceps tensos y un poco temblorosos, como si quisiera estirar la mano y atraerme a sus brazos. Me gustaría que lo hiciera. No me di cuenta de lo increíble que se sentiría verle. Lance es más que el papá de mi bebé.

—Tenía que verte —dice con la voz ronca, como si no hubiera bebido agua en mucho tiempo—. Te ves bien.

—Gracias —susurro. Me doy cuenta de que tengo las manos en el vientre y las dejo caer a los lados—. ¿Qué es esto? —Hago un gesto con la cabeza hacia la minivan.

—Tu nuevo vehículo —La comisura de su boca se levanta mientras le da al coche una sonrisa triste—. ¿No es bonito?

—Es grande.

Se ríe.

—Tampoco es exactamente el coche de mis sueños, pero es lo que necesitas. Y si te gusta, también voy a comprar uno para mí.

—¡Qué!

Detrás de mí, la puerta principal de la casa se cierra. Mi mamá me abandonó a mi suerte. No importa.

—Lance, no puedes hacer eso. —Doy unos pasos y ahora soy yo quien se inclina hacia adelante, mi cuerpo tenso y vibra, listo para saltar a los brazos de Lance.

—Ya está hecho —dice suavemente. Da un paso adelante. Vacila—. Sé que no soy lo que tú elegirías —dice— pero quiero que sepas que yo te elijo a ti. Charlie, te elijo a ti por encima de todo.

Las lágrimas me pinchan los ojos.

—¿Y eso qué significa?

—Aquí está tu nueva minivan. El cochecito. Asientos de coche. —Le hace un gesto a cada uno por turno—. ¿Sabías que el departamento de bomberos te enseñará cómo colocar asientos para el automóvil? Me detuve en seis departamentos de bomberos y ahora soy un profesional. —Suena orgulloso—. Y mira... —Camina alrededor de la minivan y presiona un botón. La puerta del maletero se abre y mi boca se abre más. En la parte trasera hay cajas y cajas de pañales. Todos los tipos. Todos los tamaños. Cada caja tiene imágenes de bebés y niños pequeños regordetes y felices gateando—. Y me dieron toallitas. —Lance mete la mano y palmea la fila de cajas—. A granel. Aparentemente, vamos a necesitar muchas. —Se encoge de hombros.

—Compraste una minivan. Todavía no puedo entenderlo. Tengo pánico por una idea que me ronda—. Lance, tú no... No vendiste la Ducati, ¿verdad?

Ahora ambas comisuras de su boca suben.

—Lo hubiera hecho, nena, pero la dejé en Taos. Guardada. Pensé que tal vez quisieras volver a montar algún día.

—Se acerca, girando el cochecito hacia un lado para que no haya nada más que unos pocos centímetros de aire entre nosotros—. Pero si no, Charlie, está bien. Puedo renunciar a ella. Puedo renunciar a cualquier cosa. Lo único sin lo que no puedo vivir en este planeta eres tú.

Le miro fijamente con el corazón palpitante. El mundo se estrecha y todo lo que veo es el magnífico rostro de Lance.

De golpe un fuerte claxon me sobresalta. Un BMW descapotable negro se ha detenido en la acera. Aparece una mujer vestida con un traje rosa con una amplia sonrisa.

—¡Hola! —Saluda con la mano, quitándose sus Ray-Ban de gran tamaño—. Soy Amy. ¡Es un placer conocerte! ¿Lance? ¡Y tú debes ser Charlie! —El sol brilla en sus dientes extra blancos, cegándome—. ¡Soy vuestra agente de bienes raíces! —Extiende las manos como si esperara que el confeti cayera del cielo.

—Um... —Miro fijamente a Lance.

—Hola, Amy. Gracias por venir. —Lance asiente con la cabeza.

—¡Por supuesto! Tengo como cinco casas para que veamos hoy. ¿Estáis listos?

¿*Qué?* Le digo moviendo los labios a Lance, sin emitir sonido. Me siento como si me hubieran soltado en una comedia familiar en horario estelar. Lo único que falta es que mis padres salgan por la puerta principal para reírse.

—Sí —dice Lance, frotándose la nuca. —¿Puedes darnos un momento?

—Por supuesto —dice Amy, y gira sobre sus zapatos de tacón en color *nude*. Regresa por el camino de entrada sacando su teléfono.

—¿Una agente de bienes raíces, Lance?

—Sí, pensé que sería mejor que me instalara en un lugar

cercano. Esperaba que vinieras a ver algunos lugares conmigo. Dame tu opinión. Ah, y —se agacha en el asiento delantero y toma una hoja de papel— aquí hay una lista de los mejores lugares para dar a luz. —Me entrega la impresión—. Hay algunos hospitales, ginecólogos y obstetras. Pero también un centro de maternidad muy recomendable. Kylie me ayudó a hacer la lista. —Se pasa una mano por la frente, mirándome—. Sé que has hecho tu propia investigación, pero quería ayudarte.

—Espera No puedo procesar todo esto. —Aparto la mirada del papel, de la minivan, de Amy—. ¿Te vas a mudar aquí?

Lance se acerca, tan cerca, que mis células piden a gritos que me toque. Pero deja unos centímetros entre nosotros mientras murmura:

—Te lo dije, Charlie. Eres todo para mí. Y no quiero que pase ni un segundo más en el que estemos a más de una ciudad de distancia. —Traga saliva con dificultad, su nuez de Adán se balancea—. Quiero, o preferiría, que estuvieras en mi cama —ronronea. El calor se enciende entre mis piernas—. Pero si no, puedo arreglármelas. Pensé que podría comprar una casa cerca de tus padres. ¿O tal vez un dúplex? Puedes vivir en un lado y viviré en el otro. Podemos compartir el patio trasero.

Tengo un nudo en la garganta del tamaño de la minivan.

—Lance, no puedes irte de Taos. ¿Y tu manada? —añado en voz baja, mirando para asegurarme de que la agente inmobiliaria no puede oír. Está caminando por el callejón sin salida, chateando en su teléfono. Las persianas sobre el ventanal delantero de mi mamá y mi papá todavía siguen bajas, pero apuesto a que mi mamá nos observa a través de una grieta. Definitivamente tenemos público.

Me acerco a Lance para poder susurrar, no porque me muera por tocarle.

—¿De verdad te vas a mudar aquí?

—Te lo dije, Charlie. —Su murmullo acaricia mis oídos —. Eres lo único que necesito.

Y entonces no puedo esperar más. Doy dos pasos y me lanzo a sus brazos. Está ahí para atraparme. Como siempre.

—¡Lance! —grito, envolviéndole con las piernas. Se siente tan bien. Como siempre.

—Nena. —Me besa la cara y el cuello, me lame y me mordisquea un poco también. Le estamos dando un espectáculo a la agente y a mis padres, y ni siquiera me importa.

—Lo siento si te hice daño. No era mi intención, solo estaba asustada. Sé que fue bastante precipitado pensar que podía mudarme aquí.

Hace un sonido evasivo.

—Es posible que yo también haya sido un poco imprudente.

—Esto no es precipitado —le digo—. Es perfecto. — Lloro lágrimas frescas ahora, pero esta vez son lágrimas de felicidad—. Viniste a por mí. ¡Con una minivan!. —Le doy besos en la cara.

—¿Qué dices, cariño? —Me mordisquea la oreja, me pone las palmas de las manos en el culo, apretando con fuerza.

—¿Quieres dejarme entrar? ¿Quieres hacer esto juntos? ¿Cumpleaños, primer día en el jardín de infancia, juegos de las ligas infantiles? Estoy dispuesto a hacerlo todo por nuestro hijo, pero prefiero hacerlo contigo.

—Oh, Dios mío, sí. Sí.

Lance me baja suavemente, se arrodilla y saca un chupete de bebé.

—¿Quieres ser la mamá de mi hijo?

Le doy un manotazo en el hombro.

—Ya soy la mamá.

—Hagámoslo oficial, entonces. —Desliza el anillo del chupete en mi dedo anular derecho. Luego mete la mano en su bolsillo y saca un anillo real, uno brillante con una hilera de gemas amarillas. Mi piedra de nacimiento. El anillo real encaja perfectamente en mi dedo anular izquierdo. Es diferente. Único. Igual que nosotros.

Me inclino y le beso.

—¡Dios mío! —La agente de bienes raíces recorre el camino de entrada, sosteniendo su teléfono y haciendo clic en una imagen—. ¿Acaba de proponerte matrimonio? ¡Estoy muy feliz de estar presente en este momento especial!

Esto es peor que el personal del restaurante que insiste en cantar el feliz cumpleaños. Le digo a Lance: *Deshazte de ella.*

—Uh, Amy, ¿puedes volver en otro momento? —Lance le dice por encima del hombro, haciendo una mueca mientras ella toma otra foto.

—¡Por supuesto!

Ahogo la risa contra el hombro de Lance cuando el chasquido de los tacones me dice que Amy se aleja.

—Lo siento, nena. Me he pasado.

—Está bien. —Le aliso el pelo hacia atrás—. Es solo que no necesitaremos un agente inmobiliario. No quiero mudarme aquí.

Me acaricia la mejilla.

—¿Estás segura, nena? Haré lo que quieras.

—Lance... —Se me corta la voz. Es hermoso y está aquí, cálido y sólido contra mí. Me ahogo en sus ojos oceánicos—. Estoy segura. Eres el indicado para mí. Me di cuenta antes de que aparecieras.

—No llores, Charlie. —Lance me seca una lágrima con un beso.

—Son las hormonas. —Me río entre lágrimas, sosteniendo su rostro y besándole, y él me hace girar en círculos lentos—. Y estoy segura. Quiero que me lleves de vuelta a Taos. Extraño a mi otra familia.

—¿Sí? ¿Estás segura? —Me acompaña hacia la nueva minivan y me clava contra ella, presionándome.

—Estoy segura. Cometí un gran error. Te eché mucho de menos. Y me equivoqué con tu trabajo. Tus misiones no me hacen vulnerable. Nos da seguridad.

—Renuncié —me dice—. Tenías razón. Tengo que entrenar a las Ligas Menores. Y estaba pensando en ser contador público o algo así.

—¡Detente! —Me río, aunque me duele el corazón por lo perfecto que es—. No quiero que renuncies. No por mí. No necesitas cambiar nada por mí. Estaba loca cuando pensé que no eras el hombre perfecto, *compañero*. Tú eres el indicado, Lance. Eres tú, hasta el final¿.

Lance me muestra esa sonrisa pirata y desliza sus labios por los míos.

—Para mí también eres tú, hasta el final—murmura.

Un fuerte carraspeo suena detrás de nosotros y Lance gira, bajándome expertamente para que me ponga de pie justo antes de que saque la mano.

—Lance Lightfoot, señor. —Al instante se convierte en soldado, levanta el pecho y echa los hombros hacia atrás. Es tan respetuoso y respetable como parece.

Mi papá a regañadientes toma su mano y se la estrecha.

—Soy Ed Holland. Minivan, ¿eh?

—Sí, señor. Pensé que sería mejor que consiguiera un vehículo familiar. Ya sabe, para compartir el coche e ir a las Ligas Menores.

Los labios de mi padre se curvan en una sonrisa ante eso.

—Suena razonable.

—Sí, señor. Y pensé que había venido aquí a buscar casa con Charlie, pero parece que la llevaré conmigo de vuelta a Taos.

Mi mamá aparece detrás de mi papá, sonriéndonos a los dos.

—Creo que es lo mejor —dice—. No es que no quiera tener a mi nieto cerca. Soy Sandra Holland. —Extiende su mano para estrechar la de Lance.

—Lance Lightfoot.

—Me alegro de que hayas venido a por Charlie —dice mi madre.

—Siempre —dice Lance, deslizando una mirada hacia mí—. Siempre vendré por Charlie.

Capítulo Diecisiete

Charlie

—No puedo creer que me hayas comprado una minivan. —Me agarro al cuello de Lance mientras me lleva a través del umbral de una casa suburbana que ha rentado en el extremo tranquilo de un callejón sin salida. Amo a mi mamá y a mi papá, pero me alegro de que Lance haya reservado su propio lugar, donde vamos a pasar la noche antes de regresar a Taos. Era eso o arrancarnos la ropa en la entrada de la casa de mis padres.

—Quieres decir que compré un monovolumen para *nosotros*. —Lance maniobra para cerrar la puerta sin dejarme caer. El lugar está totalmente amueblado y es tranquilo, con paredes color crema y moqueta de pared a pared. Con una mirada atenta en el rostro, Lance atraviesa la casa.

—No tienes que cargarme, ¿sabes? Solo estoy embarazada, no soy una inválida.

—Eso no es lo que me dijo tu mamá. —Me mira fijamente con una mirada severa. Mamá le contó todo sobre mis náuseas matutinas. Más bien las náuseas de todo el día. Nuestra primera parada después de salir de la casa de mis padres fue a una tienda de alimentos saludables para abastecernos de remedios naturales. Lance me compró todo tipo de jengibre confitado y parece estar funcionando.

—Lance, estoy bien. —La verdad es que no he sentido náuseas desde que le vi, aunque el jengibre confitado es delicioso.

Gruñe, abriendo con el hombro la puerta del dormitorio principal. Hay una cama extragrande con dosel que domina la habitación, y se dirige directamente a ella, como un cazador yendo a su presa. Es tan sexy que no puedo evitar pasarle la mano por el pelo rubio. Gira la cabeza y me mordisquea la palma de la mano. Mi coño palpita en respuesta.

—Dices que estás bien. Voy a asegurarme. —Me tumba en la cama, dejándome caer lentamente. Como si fuera de cristal. Un tesoro que tratará con cuidado.

Su dulzura me hace parpadear para contener las lágrimas. Otra vez. Estas hormonas.

—Eres lo más importante del mundo para mí. —Se sostiene sobre mí, deslizando su mandíbula a lo largo de mi cara mientras me susurra al oído—. Te lo voy a demostrar.

—Compraste el coche menos seductor de la Tierra y lo condujiste voluntariamente, después de llenarlo con cajas de pañales. Y practicaste poniendo pañales... en una muñeco. —Me muero de risa. Todavía puedo verle la cara de cuando le encontré con el bebé hiperreal envuelto en un pañal para recién nacido.

—Joder —murmura Lance—. Si se lo cuentas a alguien...

—No te preocupes. El secreto está a salvo conmigo. —Me encanta que estuviera practicando, pero puedo imaginarme cómo su manada se burlaría de él—. Lo que quiero decir es que no tienes que probar nada. Ya has hecho suficiente.

—No, Charlie. —Se echa atrás y me roza la mejilla con el pulgar—. Esto solo ha comenzado.

Le rodeo el cuello con los brazos y lo atraigo hacia mí, pero él rompe el beso y se sienta. Me quita los zapatos y los calcetines, me levanta la pierna para besarme el tobillo.

—Lance. —Me acerco a él, pero me toma de las muñecas, besando el punto del pulso de cada una de ellas antes de presionarlas contra la cama a, ambos lados de mí.

—Quédate aquí. —Me clava con su mirada cerúlea mientras desliza una gran mano por debajo de mi camiseta. La palma de su mano se extiende sobre mi vientre, deteniéndose para acariciarlo. Su mirada se vuelve tan tierna que vuelvo a llorar.

—Lance —susurro.

—Así es, cariño, di mi nombre. —Me sube la camiseta para besarme la barriga—. Te voy a cuidar —me promete en el ombligo.

Lloriqueo porque le habla a nuestro bebé.

—Voy a cuidar de ti —me repite, levantando la cabeza. Me ahogo en sus ojos azul océano. Se sube encima de mí, sosteniendo su cuerpo duro por encima del mío. Me besa en la boca, su lengua se desliza hacia adentro y empuja, dominante. Me arqueo hacia él y me sujeta las muñecas por encima de la cabeza, tomando el control. Su boca abrasa la mía y sigue adelante, plantando besos a cada lado de mis labios y a lo largo de la línea de mi mandíbula. Salpica besos con un ritmo metódico hasta llegar a mi oído.

—Brazos arriba —ordena y me saca la camiseta por encima de la cabeza. Me desabrocha el sujetador con la destreza que solo puede venir con la práctica. *Menudo mujeriego. Pero ahora es mío.*

Me coge los pechos, acariciando con los pulgares las areolas, la sensación zumba desde los pezones hasta el coño.

Estoy inquieta, arqueando la espalda, tratando de empujar mi pecho más hacia sus palmas. Las mejillas de Lance se curvan. Se acomoda, acariciando los montículos hinchados.

—Pronto se van a poner más grandes para mí —dice distraídamente, y raspa su barba incipiente en mi escote y suaviza la piel áspera con su lengua. Planta besos por cada centímetro pálido hasta que se me aprieta el vientre. Luego retrocede—. Yo también voy a cuidar a ti —promete en cada pezón. Pongo los ojos en blanco.

Lance retrocede, me agarra la cadera con una mano y me pone boca abajo. El movimiento es rápido, pero me estabiliza.

—¿Estás bien?

—Sí. —Me quedo sin aliento. Me hormiguea el trasero cuando me pasa una mano por él. Siento el calor de su palma a través de los vaqueros. Me da palmaditas en el trasero—. Pórtate bien. —Me besa entre los omóplatos, su barba incipiente en mi piel. Frota su barbilla haciéndome chillar y luego me besa en la sensación áspera. Estira la mano y me desabrocha los vaqueros. No sé cómo se las arregla con los pantalones ajustados tan fácilmente, pero me los quita de inmediato y luego tira de mi ropa interior, dejando al descubierto mi trasero. Toma cada nalga, apretando.

—¿También me vas a cuidar ahí? —refunfuño, con la boca medio amortiguada en el edredón.

—Quizás. —Me agarra la nalga derecha con más fuerza y desliza el pulgar por debajo de mis bragas endebles hasta el pliegue. Aprieto las nalgas. Se ríe y no insiste. Se inclina para darme un beso en el trasero—. Tan perfecta. Mi Charlie. —Engancha sus manos a ambos lados de mis bragas y tira hacia abajo, se caen y ahora quedo desnuda y él no. Cuando me acerco a él, niega con la cabeza—. Uh...

uh. Tú no estás a cargo. Acuéstate y pon los brazos sobre la cabeza.

—¿O si no, qué? —Arrugo la nariz, a pesar de que ya estoy haciendo lo que ordena.

—O no obtienes nada de esto. —Se levanta la camiseta, mostrando sus hermosos abdominales. Ahí está el rastro de vello rubio que conduce directamente a sus vaqueros...

Joder. Está fanfarroneando, pero no quiero decirlo. Además, cuanto antes lo haga, antes conseguiré lo que quiero. Me recuesto rápidamente y levanto los brazos por encima de la cabeza, arqueando la espalda. Desnuda y en exhibición. El deseo me apuñala el vientre, arrancándome un gemido, curvándome los dedos de los pies.

Lance se inclina junto a la cama, hurgando en busca de algo, y luego levanta una cinta enrollada de color púrpura.

—Sabes, Charlie, —dice mientras desenrolla la cinta lentamente— mudarte a Green Valley fue algo muy impulsivo. Muy fuera de lugar para mi pequeña planificadora. —Arquea una ceja rubia.

Busco una respuesta, pero no tengo ninguna. Estoy demasiado ocupada tratando de no hiperventilar por la excitación.

—No te preocupes, ángel. —Se inclina para murmurar contra mis labios—. No tienes que planear nada nunca más. Yo estoy a cargo.

Me da un mini orgasmo.

Nunca supe que podía ser excitante ver a alguien atarme. Me tumbo en silencio mientras Lance se inclina sobre mí, apoyándome de la manera que quiere. Me besa la palma de la mano antes de enrollar la cinta alrededor de mis muñecas. En cuestión de segundos, quedo atada con los brazos por encima de la cabeza a la robusta cabecera de caoba. Miro hacia el techo y muevo los dedos de los pies.

—Cama con dosel —murmuro—. Muy conveniente.

Lance guiña un ojo y deja la cuerda a los pies de la cama. Y luego me doy cuenta de que no es conveniente. Estaba planeado. Pensó en todo, y eso es tan excitante. Puedo recostarme y entregarme al placer.

—¿Cómoda? —me pregunta, agarrándome el pie con la mano.

Me estiro un poco, aflojando los hombros.

—Estoy bien. —Mi cuerpo desnudo se extiende como el de una virgen en un altar. Lance camina hacia el extremo de la cama, donde los postes lo enmarcan. Lentamente se levanta la camisa y la deja caer. Su polla presiona contra la costura de sus vaqueros y me relamo los labios, pero él solo se desabrocha el botón, nada más, antes de acercarse para revisar las cuerdas que me sujetan los brazos.

Tira de cada una de ellas y luego me pasa un dedo por la parte interna del brazo. Me hace cosquillas, pero no puedo moverme ni hacer nada al respecto. *Maldita sea, esto me excita.* Se acomoda entre mis piernas y arqueo la espalda, empujando mis pechos hacia arriba para que resalten. Los lame, luego besa un camino por mi vientre hasta mi coño. Me sacudo y él me gruñe.

—Si no te quedas quieta, te castigaré.

Oh, joder. Tres besos más acariciando el interior de mi muslo derecho y me retuerzo tanto que él toma la cinta. Me agarra de los tobillos y me tira suavemente de la cama. Esta vez usa esposas de cuero alrededor de mis tobillos, atando la cuerda a los anillos y anudando los otros extremos a los postes inferiores de la cama.

—Menudo *Boy Scout* —murmuro, viéndole terminar un intrincado nudo.

—No exactamente. —Sus colmillos brillan con su

sonrisa, la marca que me dio palpita en respuesta. *Soy tu compañera marcada.*

—¿Qué hubieras hecho? —Mi voz vacila un poco cuando pregunto—. En casa de mis padres... si te hubiera rechazado?

—Te habría dado esa dulce minivan —dice, dejando la cuerda y arrastrándose sobre mí. Se sostiene sobre sus bíceps tensos mientras yo tiemblo debajo de él—. Y entonces te habría acechado todos los días y todas las noches. Habrías estado viendo al lobo por todas partes.

Ahora estoy jadeando. Soy la presa del lobo, atrapada rápidamente.

—No me olvidarías, ¿verdad?

—Nunca —suspira. Pasa la mano por debajo de mí para acariciarme la marca. El placer chispea a través de mí, y grito con un orgasmo, así como así.

Se echa hacia atrás para mirarme la cara. Eso no era parte del plan.

—¿Tienes un plan? —¿Por qué es tan sexy?

—Mmm hmm. —Baja la cabeza, acariciando mi cuello, y la sensación brilla desde mi núcleo hasta mis extremidades —. Así es como va a ser. Voy a pasar algún tiempo reencontrándome con tu hermoso cuerpo, y te vas a acostar allí y lo tomarás.

Dios.

—¿Me va a gustar esto? —intento bromear, pero ya me falta el aliento. Me besa en el cuello, vuelve a mis pechos, deteniéndose en mi clavícula.

—Algo de eso —dice—. Pero creo que mereces un leve castigo por no llamarme en el momento en que supiste que querías que volviera.

—Me estaba armando de valor. Tenía miedo de que

estuvieras enfadado conmigo y me sentí terrible por lastimarte...

—Lo sé. Está bien. —Me besa la mandíbula suavemente, acariciando con los pulgares la curva interior de mis caderas con un ritmo enloquecedor. Trato de moverme para poder obtener más estimulación en mi coño, pero las cuerdas me atan con fuerza. Su sonrisa se vuelve maliciosa—. Esto es lo que pasa cuando huyes de un lobo. Eres mi compañero, Charlie. Te perseguiré hasta los confines de la tierra.

Lance

Charlie se despliega ante mí como un bufé de piel suave que puedo lamer y mordisquear. Tiene las piernas abiertas y atadas. Su coño perfuma la habitación, y maldita sea si no se me hace la boca agua. Mi polla palpita lo suficientemente fuerte como para salirse de mis vaqueros, pero aún no es el momento de follar con mi compañera. En primer lugar, necesito:

1. Provocar a Charlie hasta que esté cerca del orgasmo, luego retroceder

2. Repetir hasta que suplique

3. Meter mi polla en ella y hacerla gritar de placer

Cálmate, le digo a *mi compañero.* Tengo que ceñirme al plan. Pero maldita sea, es difícil. Los gemiditos que suelta mientras observo sus senos, la forma en que su pecho se agita cuando beso su coño, lo resbaladizo de sus pliegues apretados, todo hinchado de color rosa para mí... Es jodidamente difícil.

Por supuesto, mi polla siempre está dura con Charlie.

—¿Te gusta esto, cariño? —murmuro, tomándome un descanso de lamer su néctar—. ¿Quieres llegar?

—Sí, por favor —gime. Su piel bronceada brilla con sudor. Su cuerpo está tenso, sus dedos agarrados a las cuerdas.

Tarareo y froto mi mandíbula a lo largo del interior de su muslo, untando sus jugos ensu piel. Luego lamo. Joder, podría comérmela por siempre.

—Por favor, Lance —dice ella con entusiasmo—. Por favor, por favor, por favor, *por favor*.

Mi compañera suena angustiada. Nada bueno. Tengo que mantener feliz a la mamá del bebé.

—Tenía un plan —le digo mientras me levanto y le abro las esposas alrededor de los tobillos. Con sus piernas libres, puedo maniobrar su parte inferior y la levanto para que la cabeza de mi polla roce su entrada empapada—. ¿Pero sabes qué? Al diablo el plan. —Me hundo en su coño perfecto.

Los fuegos artificiales explotan detrás de mis ojos. Sus músculos internos besan la longitud de mi polla, todo su cuerpo se estremece en un orgasmo explosivo. La observo sacudirse, esperando a que recupere el aliento, luego me aparto y vuelvo a estrellarme en ella, desencadenando otra ola de réplicas.

—Te tengo, Charlie. —Me apoyo en mi brazo derecho, sigo acariciando suavemente su calor apretado. Con la mano izquierda le acaricio un pecho y lo aprieto.

Traté de ser paciente. Traté de ir despacio. Pero mi hermosa compañera está atada y suplicando por mi polla. ¿Qué se supone que debo hacer? Además, le gusta cuando pierdo el control.

Charlie suspira, sus pestañas revolotean.

—Cielos, sí, fóllame, Lance. —Un rubor florece en su pecho como prueba del clímax. Tiene el pelo de las sienes húmedo. Un mechón mojado se enrolla en un adorable rizo. Es tan precioso que lo enrosco alrededor de mi dedo, disminuyendo el ritmo de mis embestidas. ¿Será nuestro bebé rubio como nosotros? ¿Tendrá ricitos?

Joder, Charlie lleva a nuestro hijo. La idea me pone en marcha de nuevo y chasqueo las caderas, clavándome hasta el fondo. Quisiera plantar un bebé en mi pareja de nuevo.

—Ven por mí, ángel. Ven otra vez.

Su cabeza se agita de un lado a otro mientras lucha contra su clímax. El sonido agudo zumba en su garganta. Me inclino sobre ella, asegurándome de que la parte inferior de mi vientre roce su monte púbico con cada embestida—. Ven —le ordeno.

—¡Oh, Dios! —En las garras del orgasmo, se le tensa el cuerpo, arqueándose en la cama.

Como necesito que me toque, agarro la cuerda por encima de su cabeza con ambas manos y la libero. Le suelto las manos y me agarra la espalda, deslizando las palmas en mis músculos empapados de sudor.

—Espera —le digo. Su coño se aprieta en mi polla con mi orden—. ¿Te gusta esto, Charlie? ¿Te gusta que esté a cargo? —La presión se acumula en mi cabeza. Tengo la polla lista para explotar.

—Sí —gimotea.

—¿Quieres que te ate? ¿Que tome el control? —Me sumerjo profundamente y roto las caderas. Sus uñas se clavan en mi espalda—. Vas a correrte por mí, ángel. Una vez más.

—No...

—Puedes hacerlo. Te tengo. Llegaremos juntos.

Sus ojos vuelan hacia los míos.

—Juntos —susurra.

Le sostengo los ojos e inclino la espalda para poder murmurar contra sus labios:

—Es un plan.

Me agarra la cabeza y estampa su boca en la mía. Y nos acercamos así, abrazándonos el uno al otro. Por un rato estamos perdidos, besándonos y recuperando el aliento. Entonces me levanto para revisar las cuerdas. Tiene algunas marcas en las muñecas y los tobillos por el esfuerzo en las ataduras. Nada demasiado dramático. La beso y se estremece de felicidad.

Al menos no destrocé la cama, aunque los postes pueden tener algunas marcas. Tendré que pagarle al propietario para que reemplace la cama.

Me limpio y voy a bañarme. Charlie me sonríe somnolienta cuando regreso, así que la llevo en brazos y me siento en la bañera con ella en mi regazo. El agua está tibia pero no demasiado. El trasero de Charlie roza mi polla, le encanta. Aprieto los dientes y me concentro en limpiarla mientras se tumba, floja, en mi pecho.

—No puedo creer que hayas hecho esto —murmura parpadeando. Está tan agotada que parece ebria de placer—. No puedo creer que hayas venido hasta Green Valley.

—Somos tú y yo, Charlie. Por el resto de nuestras vidas. —La saco de la bañera y la seco. Se balancea contra mí bostezando, y la llevo al dormitorio y nos metemos en la cama. La acerco contra mí y tiro de la sábana sobre nosotros. Mi lobo suspira. Mi compañera está de vuelta en mis brazos.

—Vas a ser el entrenador más sexy de todos los tiempos de las ligas infantiles —murmura.

—Duerme, cariño. Te tengo. —La rodeo con mis brazos, atrayéndola hacia la protección de mi cuerpo. A donde pertenece.

Capítulo Dieciocho

Charlie

Un viaje por carretera en una minivan es mucho más divertido de lo que hubiera pensado, aun con un maletero lleno de cajas de pañales. Lance conduce y yo voy sentada en el asiento delantero con una bolsa de jengibre confitado en mi regazo.

—Casi en casa —dice Lance, girando hacia mi vecindario. Hemos decidido mudarnos juntos. Amo mi hogar, al igual que Lance. Ya he hecho planes para transformar mi estudio en una guardería. Lance tiene una gran lista de cosas en las que trabajar en los próximos meses. La primera prioridad: agregar lugares al marco de mi cama donde pueda atar las cuerdas. Y está muy entusiasmado con ese proyecto.

—Hogar, dulce hogar. —Lance reduce la velocidad del coche cuando nos acercamos a mi casa.

—¿Qué demonios...? —Me quedo con la boca abierta. Mi casa parece... diferente. Por un lado, hay serpentinas celestes y rosas que cubren el techo. Channing y Deke están en el tejado atando globos en la chimenea para que floten en el aire.

Rafe está en el suelo cubriéndose los ojos con la mano. No puedo oír, pero me doy cuenta de que les grita las órdenes. A su lado, ocupando la mayor parte del césped, hay un inflable gigante del tipo que se ve en Halloween. Solo que este es un osito azul de bebé. Su cabeza está cerca del techo y Channing parece querer saltar sobre él.

La puerta de mi casa se abre y mis amigas salen. Sadie trae más globos, unos dorados que deletrean *BABY*. En cuanto nos ve, nos saluda, dando saltitos en sus bailarinas mientras Tabitha y Adele se giran para mirar a Channing, quien finge que va a saltar desde el tejado sobre el oso inflado. Tabitha se ríe, pero Adele niega con la cabeza, poniéndose las manos en las caderas. Ahora Channing es criticado tanto por Rafe como por Adele.

—Parece que alguien planeó un *baby shower* sorpresa. —Me vuelvo hacia Lance—. ¿Lo planeaste?

—No. —Hace una mueca—. ¿Quieres que te lleve de vuelta a Arizona?

—No. Puedo negociar. Me gustan las sorpresas. —Le pongo una mano en la rodilla—. Especialmente cuando estoy contigo.

—Claro que sí. —Se inclina para besarme.

Finjo alejarme.

—Piensa en los niños —digo con una voz falsamente sorprendida, mirando hacia el asiento trasero. Abroché al muñeco bebé en el asiento para bebés, prometiéndole a Lance que le diría a todos que era mío. Es posible que yo misma haya practicado ponerle un pañal, aunque mamá me dice que es muy diferente cambiar pañales a un crío de verdad que se mueve.

—Será mejor que se acostumbren —gruñe Lance y me acaricia la nuca. Su beso largo y profundo provoca que mi coño hormiguee, hasta que alguien toca el claxon. Me giro bruscamente y Lance mira a nuestros amigos. Rafe tiene los brazos cruzados, pero sonríe. Tabitha se apoya en su VW amarillo brillante. Es la que toca el claxon.

—Mis amigas están locas. —Niego con la cabeza.

—Mi manada es peor —responde Lance. Aparca y sale, trota hasta la puerta del pasajero y la abre para mí. La visión de su yo sexy, enmarcado en la puerta de una torpe minivan, es suficiente para mojarme las bragas. Su sonrisa me dice que lo sabe—. Última oportunidad, ángel. Podemos deshacernos de estos tipos; salir a la carretera.

—No, ya no voy a huir.

—Entonces hagamos esto. ¿Lista? —Extiende la mano.

—Lista. —La cojo y caminamos juntos por el camino de entrada hacia nuestro futuro con amigos y compañeros de manada, y con el amor que compartiremos por el resto de nuestras vidas.

* * *

Si quieres conocer a la bebé de Charlie y Lance... Haz clic aquí para leer la escena de bonificación y unirte al boletín de Bad Boy Alpha.

¡Gracias por leer *El juramento del alfa*! Si te ha gustado, te agradeceríamos que nos recomendaras y dejaras una reseña, pues significan mucho para los autores independientes. ¿Quieres más? Descubre lo que sucede cuando Rafe y Adele luchan contra su atracción en *La venganza del alfa*.

La venganza del alfa.

¿Quieres más? La venganza del alfa

¿Quieres más? Lee todos los libros de la saga Alfas peligrosos

La venganza del alfa

Esto es una locura. Esta humana, sin importar lo hermosa que sea, no puede ser mi pareja.

Aprendí de la forma difícil lo que es perder a quienes amas.

Como alfa, juré nunca dejar que volviera a suceder.

Eso quiere decir que debo mantenerme concentrado. Nunca bajar la guardia.

Y, sobre todo, alejarme de los civiles, es decir, de los humanos.

Pero la energética chocolatera me hace romper mis propias reglas.

Esta mujer hermosa pone a prueba mi paciencia... y mi autocontrol.

Debería mantenerme alejado. No puedo proteger a la manada si sucumbo ante mis deseos.

¿Y si esto es más que deseo?

¿Qué sucede si el Destino me unió a esta humana y ella es mi pareja?

Si no la nombro, la perderé de la peor forma posible.

La venganza del alfa

Libro Gratis - La virgin y el vampiro

Quiere un libro gratis de Renee Rose y Lee Savino? Suscríbete a su newsletter para recibir **La virgin y el vampiro** y otro contenido especialmente bonificado y noticias de nuevos. https://BookHip.com/XJPQQXK

Libro Gratis de Renee Rose

Quiere un libro gratis de Renee Rose? Suscríbete a mi newsletter para recibir **Padre de la mafia** y otro contenido especialmente bonificado y noticias de nuevos. https://BookHip.com/NCVKLK

Otros Libros de Renee Rose

Vegas Clandestina

Rey de diamantes

Padre de la mafia

Sota de picas

As de corazones

El comodín del Loco

Su reina de tréboles

La mano del muerto

El comodín

Rancho Wolf

Áspero

Salvaje

Feroz

Rudo

Indomable

Implacable

Dos Marcas

Rebelde - GRATIS

Tentada

Deseada

Seducida

Alfas peligrosos

La tentación del alfa

El peligro del alfa

El premio del alfa

El reto del alfa

La obsesión del alfa

El deseo del alfa

La Guerra del alfa

La Misión del alfa

El tormento del alfa

El secreto de alfa

La presa del alfa

La sangre del alfa

El sol del alfa

La luna del alfa

El juramento del alfa

La venganza del alfa

Hombres lobo de Wall Street

Un Gran Jefe Malvado: Medianoche

Un Gran Jefe Malvado: Lunático

Alfa de Montaña

Héroe

Rebelde

Guerrero

Otros libros de Lee Savino

Saga Guerreros Berserker

Vendida a los Berserker

Emparejada con los Berserker

Raptada por los Berserker

Entregada a los Berserker

Reclamada a los Berserker

Alfas Peligrosos

La tentación del alfa

El peligro del alfa

El premio del alfa

El reto del alfa

La obsesión del alfa

El deseo del alfa

La Guerra del alfa

La Misión del alfa

El tormento del alfa

El secreto de alfa

La presa del alfa

La sangre del alfa

El sol del alfa

La luna del alfa

El juramento del alfa

La venganza del alfa

La virgen y el vampiro

Conoce a la autora

RENÉE ROSE, LA AUTORA BESTSELLER EN USA TODAY, ama los héroes dominantes, ¡los machos alfa que saben hablar sucio! Ha vendido más de un millón de copias de tórridas novelas románticas con diferentes niveles de sexo no convencional. Sus libros han sido presentados en el Happily Ever After de USA Today y en Popsugar. Nombrada en el Eroticon de los Estados Unidos como la Próxima Autora Erótica Top en 2013, ha ganado también como Autora Preferida en Ciencia Ficción y Antología Valiente y Atrevida y con la mejor novela romántica histórica en The Romance Reviews. Figuró catorce veces en la lista de USA Today con su serie Rancho Wolf y varias antologías.

**Suscríbete a mi newsletter para recibir contenido especialmente bonificado y noticias de nuevos lanzamientos en Español.

https://www.subscribepage.com/reneerose_es

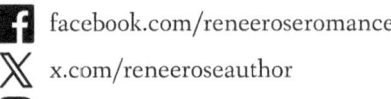

facebook.com/reneeroseromance

x.com/reneeroseauthor

instagram.com/reneeroseromance

Conoce a la autora

Lee Savino tiene objetivos grandiosos, pero la mayoría de los días no encuentra ni su cartera ni sus llaves, así que se queda en casa y escribe.

Mientras estudiaba escritura creativa en la Universidad de Hollins, su primer manuscrito ganó el premio Hollins de Ficción.

Lee vive en Estados Unidos, con su increíble familia.

Puedes conectar con ella en su sitio web, su grupo de lectores, y sus redes sociales.